まやかしの社交界

ヘレン・ビアンチン
高木晶子 訳

ハーレクイン
SP文庫

THE HIGH-SOCIETY WIFE

by Helen Bianchin

Published by Harlequin Japan,
a Division of K.K. HarperCollins Japan, 2024

ヘレン・ビアンチン

ニュージーランド生まれ。想像力豊かな、読書を愛する子供だった。秘書学校を卒業後、友人と船で対岸のオーストラリアに渡り、働いてためたお金で車を買って大陸横断の旅をした。その旅先でイタリア人男性と知り合い結婚。もっとも尊敬する作家はノーラ・ロバーツだという。

◆主要登場人物

ジアンナ・ジャンカルロ……ジャンカルロ・カステリ社の重役。
フランコ・ジャンカルロ……ジアンナの夫。ジャンカルロ・カステリ社の社長。
アナマリア・カステリ……ジアンナの祖母。
シャネイ……ジアンナの親友。
トム・フィッツギボン……シャネイの夫。
サント・ジャンカルロ……フランコの祖父。
ファムケ……フランコの元恋人。女優。
ジャーベス・シャンペリエ……フランコとトムの仕事仲間。大富豪の御曹司。
エミール……ジャーベスの弟。

1

「何か気になることでもあるのか？」

抑揚のあるゆったりした口調でそうきかれ、ジアンナは視線を上げた。主寝室の反対側にいる夫の黒みを帯びた瞳を、落ち着き払って見つめ返す。

部屋は広く、夫婦それぞれのウォークイン・クローゼットとバスルームのほかに、続き部屋の化粧室もある。調度品としてクリーム色と淡い緑色のビロードのソファや、美しい彫刻を施したアンティーク家具が置かれていた。

「どうして？」今日は最悪の一日だった。ジャグジーに入って体を休め、今すぐベッドに潜り込めるならなんだってする。そんな気分だ。

だが現実はそうもいかない。ジアンナはラッシュアワーの中を帰宅し、二階に駆けあってスーツを脱ぎすて、手早くシャワーを浴びおえたところだった。

これからホテルの宴会場で行われるチャリティの催しに出かけなければいけない。ディナーをとりながら優雅に会話を交わし、上品にシャンパンを一杯だけ口にして仮面劇を演じる……考えるだけで疲れが押し寄せてきた。

夫が目を細めるのを見て、ジアンナは一瞬、気持ちを読まれたのではないかと思った。

「出かける前に頭痛薬をのんでおくんだな」

まあ！「なぜ……そんなことを言うの？」自分でも声がとがっているのがわかった。

夫が立ちあがる。長身で筋肉質の、軍人を思わせる立派な体格だ。滑らかな褐色の肌の下にくっきりと筋肉が見えている。身にまとっているのは締まった腰のあたりを覆う黒いシルクのブリーフだけ。

黒い髪はシャワーを浴びたばかりで濡《ぬ》れていた。鋭くて意志の強そうな顔立ち。濃いひげのそり跡が目立っている。

黒みがかった瞳がジアンナの目を射た。「何か言いたいことがあるのかい？」

一瞬の間を置いて彼女は返事をする。「別に」

夫は片方の眉だけをぐいっと上げると、背を向けて寝室から出ていった。


フランコ・ジャンカルロはすばらしい男性だわ。そう思いながら、ジアンナは専用のバスルームに入って化粧を始めた。

フランコは三十代後半で、荒々しいまでの魅力を漂わせている。仲間からは尊敬され、何人もの女性の心を魅了してきた。

女性たちの気持ちがジアンナには痛いほどわかった。ジアンナ自身、十代のころから十歳も年上の彼にあこがれていたのだから。それが恋心になり、やがて愛情に変わった。だから彼のプロポーズを喜んで受けたのだ。

それぞれの祖父母が前世紀にともに築いた、ジャンカルロ・カステリ社のために。隆盛を極めていた事業は、三年前、航空機事故でフランコの両親と寡夫だったジアンナの父が亡くなったことで、一時的に危機的状況に陥った。

フランコが社長の座につくと下落した株価こそやがて元に戻ったものの、株主の信頼を取り戻せたのは三期連続して業績が上がってからのことだった。だが当時フランコは独身で、ジアンナも結婚する気配すらなく、会社の先行きは安泰とは言えなかった。

ともに連れ合いを失っているジアンナの祖母アナマリアとフランコの祖父サントは、すばらしい解決法を思いついた。

フランコとジアンナを一緒にさせ、その子供に事業を託せば、ジャンカルロ・カステリ社の将来は安泰ではないか、と。

フランコとジアンナはそれぞれの思惑のもとでその提案を受け入れ、祖母と祖父を喜ばせた。

華々しく行われた二人の結婚式は、その年オーストラリアでもっとも注目を集めた式だった。国じゅうの上流社会に属する人たちが招かれ、イタリアやフランス、アメリカからも親戚《しんせき》や友人が駆けつけた。式の模様はテレビで報道され、雑誌にも取りあげられた。

それから一年たった今も、二人はもっとも華やかなカップルとしてもてはやされ、行く先々でマスコミに追われている。

ジアンナは、人前では愛らしく幸せな妻を演じていた。だが内心は、夫との間に感じる見えない壁に悩まされていた。

ばかばかしい、と彼女は自分を叱《しか》った。私はあらゆる意味で彼の妻なのよ。彼にもらった指輪をはめ、同じベッドで眠り、必要なときには魅力的な女主人の役割もこなしているでしょう。それでも……彼の心は手に入れられない。夫の魂は手の届かないところにある気がする。

今のままで十分じゃない。なんの不満があるの？　そう胸に言いきかせてみても、それが嘘《うそ》であることはよくわかっている。

私ったら、どうしてしまったのだろう。こんなことを考えていてもしかたないのに。早く髪を整えて着替えなければ。

二十分後、寝室に戻ると、フランコはゆったりと座ってジアンナを待っていた。黒いタキシードを着たその姿は、どこから見ても洗練されて裕福な、上流社会の一員だ。

相手は夫なのに、ジアンナの胸は高鳴り、鼓動が速くなった。息を吸って、と内なる声がささやく。こんなふうに体が彼に反応してしまうのがいやだ。

フランコは私の体の反応に気づいているかしら？　ベッドの中では気づいているだろうけど、それ以外の場所では？

こんなにも一方的に夢中になどなりたくなかった。フェアじゃないわ、とジアンナは思った。

「きれいだよ」赤いシルクシフォンに包まれた細い体を見て、フランコはさりげなく妻をほめた。上半身がぴったりしたストラップドレスは、明らかに念入りに仕立てられたものだ。ジアンナはその代金を自分で払うと言ってきかなかった。

ジアンナの頑固さに、フランコは少しいらだっていた。自立心を持つのはいいが、限度というものがある。だが、結婚記念日にプレゼントしたティアドロップ形のダイヤのイヤリングを彼女がつけているのを見て、機嫌が多少直った。

同色のショールをまとい、髪は宝石のついた髪留めでまとめられている。胸の谷間にはイヤリング同様ダイヤのネックレスが光っていた。

ハイヒールを履いているので、いつもより十センチほど背が高く見える。フランコは妻に近づくと、エルメスの香りに気づいて微笑した。

「ありがとう《グラッィエ》」

「演じるべき役柄にぴったりの装いだから？」

彼の唇の端がわずかに上がった。「それも含めて」

フランコは水の入ったグラスと一緒に薬を二錠差しだした。

「今度は看護師の真似事《まね》？」

「もうのんだのだったら、看護師の役目はおりるよ」

ジアンナは首を振ってから、錠剤を口に放《ほう》り、のみ込んだ。「じゃあ、出かけましょうか？」

この季節、南半球は夏だ。水平線にゆっくりと太陽が沈んでいく中、車が列をなして街に向かっている。二人の車もその列に加わった。

「話してみたらどうだ？」フランコは、ジアンナがわずかに緊張していることや、はっきりとした顔立ちが少し陰っていることに気づいていた。

ジアンナは皮肉まじりの表情で夫を見た。「何から話してほしい？」

「そんなにいろいろあったのかい？」

実際のところ、今日は散々だった。アシスタントが病気で休み、代わりの人間はまったく役に立たなかった。急ぎで配達されたはずの書類はひどく遅れて手元に届き、電話が次々にかかってきたためランチのサンドイッチには少し口をつけただけだった。

「お手上げというほどではないわ」そう、私はそういった状況に対応できるように教育され、訓練されてきたはずだ。

ジャンカルロ・カステリ社においてしかるべきポジションにつけるように。しかしフランコ同様、ジアンナは平社員から始め、企業が実際にどのように運営されているかを身をもって学び、自力で今の地位に昇りつめた。

どちらの家族も、身内をひいきするような真似はいっさいしない主義だった。ジアンナが父親や祖母のおかげで今の地位を築いたと非難する者は、誰一人いない。

ジャンカルロ・カステリ社はいくつかのチャリティ団体を後援している。今夜のチャリティ・イベントは、メルボルンに住む上流社会の人々が集うことでも名高い催しだった。子供好きのジアンナは、不治の病に冒された子供のための基金集めに協力を惜しまなかった。会社とは別に、一個人としてもかなりの寄付をしている。

「ショーの始まりね」フランコが最高級のベンツをホテルの玄関に停《と》めると、ジアンナは言った。

大きなイベント会場の前のロビーでは、招かれた客たちがシャンパンを口にしている。国内外のさまざまなデザイナーの手によるロングドレスをまとい、高価な宝石で身を飾った女性たち。男性陣はクローン人間のように揃《そろ》ってタキシードとドレスシャツを着込み、黒い蝶《ちょう》ネクタイをつけていた。

男性のほとんどが富裕な大企業家や、専門職についている人々だ。でもフランコほど強烈なパワーを漂わせている人はいない。

ジアンナはフランコに目を向けた。外見はこの上なく洗練されているのに、内面に潜む荒々しいまでの官能性がにじみでて、情熱的な人間であることを匂《にお》わせている。実際にそのとおりの人だわ、とジアンナは思った。結婚して以来、彼女はそのことを身をもって思い知らされている。彼と親密な時間を共有する間、ジアンナは何もかも忘れた。彼以外のすべてはどうでもよく思えた。

求めてやまないフランコの愛が、実は自分には与えられていないことも。望んでやまない子供をいまだに授からないことも。

「ダーリン、二人とも元気?」

聞き覚えのある女性の声がしたので、ジアンナはほほえみを浮かべて振りむいた。その女性と軽い抱擁を交わし、彼女が軽くフランコの頬に指で触れるのを見て、そっと笑った。

「やあ、シャネイ」

「まあ」フランコがシャネイの指先に軽く口づけをすると、彼女はうっとりするようなため息をもらし、いたずらっぽくジアンナを見た。「とてもすてきなご挨拶《あいさつ》だわ」

「同感よ」

ジアンナとシャネイは寄宿舎にいるころからの親友だ。ユーモアのセンスが似ていて、結婚のときには互いのブライズメイドを務めた。今も変わらず仲がいい。

「トムは?」

「こっちに向かっているようだ」シャネイの夫の姿を見つけたフランコが言った。

「ごめん。ちょっと電話がかかって」シャネイの夫トム・フィッツギボンは腕のいい有名な外科医だ。すらりとした長身で眼鏡をかけていて、男性にしては珍しく女心を理解している。彼の前妻は幼い子供二人を遺《のこ》してこの世を去った。その後、トムはシャネイと再婚したのだ。彼はいつも若い妻の好きなようにさせ、肝心なときにだけ主導権を発揮している。

ジアンナはシャネイの瞳に愛情が宿るのを見た。「何かあったの？」

トムは穏やかに妻を見やった。「いいや、大丈夫だよ」

四人は一緒にロビーをまわり、知人に挨拶をしはじめた。やがて二組の夫妻はそれぞれに引き止められて、ばらばらになった。

チャリティを運営する側の女性たちは、各々の役割に徹していた。客を案内したり、イベントの説明をしたり、噂《うわさ》話に花を咲かせたりしている。

ジアンナはシャンパンを一口飲んであたりを見まわした。もうすぐ会場の扉が開き、客が席に案内されるはずだ。

フランコは隣で仕事の関係者と話をしていた。すぐそばにいるので、ムスクの香りが漂ってくる。それだけでジアンナの体は熱くなった。

今夜家に帰ってからのことを考えると胸が高鳴った。早く彼に触れられ、すべてを忘れるほどの熱い情熱に翻弄《ほんろう》されたい。

フランコはいつも、想像も及ばないほどの恍惚感《こうこつかん》を味わわせてくれる。このままどうにかなってしまうと思うほどの、まるで天国にいるような官能の喜びを、ジアンナは彼から教えられた。

これまでにフランコとベッドをともにした女性たちも同じような反応を見せたのだろうか……そのことは考えたくない。

フランコは結婚相手として私を選んでくれた。仕事上の利害を満足させるための政略結婚だとしても、ベッドで二人が分かち合うものは特別なはず。

「待ちきれないのかい？」

フランコの質問が二重の意味を持つことに気づいて、ジアンナは口角を上げるようにほほえみ、夫の視線を受けとめた。

「おなかがすいたかときいているの？」

ジアンナの意図を理解して、彼の目にも笑みが浮かぶ。「当然だろう？　さあ、入ろうか」

気がつくと扉が開かれ、客は次々に会場に向かって動きだしていた。

席順はよく考えられていて、知り合い同士が同じテーブルに集められている。自己紹介をする必要もなく、すぐに和やかな会話が始まった。

室内には静かなＢＧＭが流れ、いい雰囲気だった。ウエイターがきびきびとテーブルをまわり、ワインやシャンパンの注文を取っている。続いてウエイトレスがパンを入れたバスケットを持ってくる。

大きなチャリティ・イベントの常で、そうしたサービスも高級なワインも料理も、すべてがチケット代に含まれていた。

「ずいぶんおとなしいな。頭痛はどうだい？」フランコが唐突にきいた。

ジアンナには今、フランコの妻、そしてジャンカルロ・カステリ社の代表という役割があてがわれている。輝かんばかりに堂々と振る舞うことが求められているのだ。

二人はすべてを手にしている、理想のカップルなのだから。

与えられた役割を演じられる――それは、ジアンナが生まれながらに持つ才能の一つだった。

ジアンナは小さくほほえんだ。「もう平気よ」

フランコは手を上げ、ジアンナの頬を指でなでた。「そうか、よかった」

ジアンナは夫を見つめ返した。彼に触れられただけで、しびれるような感覚が神経の末端にまで走る。私ばかりがこんなに無防備に反応してしまうなんて、フェアじゃないわ。

ジアンナはおもむろにプログラムを広げ、視線を紙面に移した。

「多彩な内容で面白いわ。スピーチのあとは歌なのね。ファッションショーまであるわ。そのあとは秘密の特別ゲストの登場ですって」

　ふいに音楽がやみ、司会者が壇上に立って挨拶を始めた。簡単な前置きのあと、チャリティ団体の会長が紹介される。不治の病に冒されている子供たちのために、生涯を捧《ささ》げてこの活動に没頭してきた年配の女性だ。

　巨大なスクリーンでチャリティ団体のさまざまな活動が紹介された。病院で治療を受けている子供たちや、遊んでいる子供たちの姿がアップで映しだされた。子供たちの表情が見る者の胸を打つ。厳かな冷静さをたたえた表情。その一方で、無邪気にほほえんだり笑ったりもしている。

　人生は続いていく……自分の知らないところで、見知らぬ人の人生が。

「皆さま、どうぞ寛大なご寄付をお願いします」会長が訴えた。

　最初の料理が運ばれてきた。ジアンナがシャンパンを飲んでいると同じ席の女性が、休暇を過ごす場所で今いちばん話題になっているのはどこかしらと問いかけてきた。

「私はカリブ海だと思うんだけど、ポールはベトナムでトレッキングするのが流行の先端だと言うの。信じられないでしょう」

「アラスカはどう?」ジアンナはほほえんだ。「景色もきれいで、オーロラも見られるわ」

「まあ。私がしたいのは買い物なのよ」相手が不満そうに言った。

　どうしてなのか、ジアンナは彼女にきいてみたかった。彼女の家はたしか、二階の一翼が完全に衣装部屋と化していたはずだ。四季それぞれの服が四部屋に分けて収められ、さらに靴とバッグ専用の部屋まであって、まさにデザイナーブランドの宝庫だというのに。

歌手が歌を披露したあと、メイン料理が運ばれた。その皿が下げられると、司会がファッションショーの始まりを告げた。

美しいモデルが華やかな衣装をまとって、次々とステージに現れる。

一着のドレスにジアンナは注目した。今度そのデザイナーのブティックに行ってみなければ、と頭の中でメモを取る。

「ジアンナ、あなたは黒がとても似合うんですもの。あの服をフランコにおねだりするべきよ。あれに合う靴を知っているわ。もちろん、マノロの靴よ」

もちろん、ね。あまりに陳腐な会話につい笑いだしたくなった自分を、ジアンナは叱った。

ウエイトレスがデザートを運んできた。司会者がまた壇上に進みでて、特別ゲストの紹介を始めた。

「国際的な名声を得ている若き女優です」

ジアンナはいやな予感を覚えた。まさか、そんなはずがないわ。だが不安はつのっていくばかりだ。

「今夜も多大な寄付をしてくださいました。これから選ぶ三人の子供とその家族を、彼女がディズニーランドに招待してくださいます」

客の間から称賛の声があがった。

「あらかじめ医療チームが、旅行ができる状態にある子供たちを選びました」司会が会長に向き直ると、彼女はトップハットを手に壇上に上がってきた。「会長がお持ちの帽子の中に、名前を書いた紙が入っています。特にこのチャリティにかかわりの深いお客さまに紙を引いていただこうと思います」思わせぶりに司会は言葉を切った。「ミスター・フランコ・ジャンカルロ。出てきていただけますか？」

フランコが立ちあがる。ジアンナは吐き気すら覚えながら、ステージに向かっていく夫を見守った。

「ではいよいよ特別ゲストをご紹介します」また一瞬の間。「ミス・ファムケです！」

ジアンナは呼吸ができなくなりそうだった。緊張で喉がつまり、言葉が出ない。

本当にファムケが来るなんて。

彼女が舞台裏から姿を現した。背が高く、髪はブロンド。二十代後半の、信じられないほどの美人だ。

最初に海外の映画に出演して評判になり、その後アメリカの映画界でも名を成して財を得た。

今では誰も彼女の名字を覚えていない。スターになって以来、彼女はファムケという名前だけで知られている。

驚くべき美女は、金持ちの男性を誘惑する趣味があることでも知られていた。そして、多くの恋人たちからこれまでに、高価な宝石をいくつも贈られてきたことでも。

五年前、ニューヨークに滞在していたフランコもその男たちの一人だった。両親の突然の死で、彼がメルボルンに戻ってくる以前のことだ。

噂では、ファムケはフランコと結婚したかったようだが、フランコにその気がなく、それが原因で二人は別れたらしい。振られたファムケは傷つき、やけになったのかすぐにロサンゼルスの大金持ちに接近し、結婚した。結婚式はメディアでも大きく取りあげられ、やがて彼女は子供を産んだ。

ジアンナはフランコがどんな反応をするかと、食い入るように見つめた。一方でたくさんの疑問が頭の中で渦巻いている。

ファムケはなぜここにいるの？　メルボルンにいることさえ驚きなのに、どうして今日、この会場に？　なぜこんな手の込んだやり方で、公衆の面前でフランコと再会する機会を作ったのだろう。

「彼女、美人よね」隣の席の女性がささやいた。「最近離婚したんですって」

そう、そして次の男性を探している。

単にお金持ちの男性を探しているわけではないはずだわ、とジアンナは結論を下した。ファムケの標的はフランコ・ジャンカルロだ。

2

ステージに目を向けるのは苦痛だったが、ジアンナはそんな心中を周囲には悟らせず、にこやかな微笑を作ってほかの客とともに拍手をした。

ジアンナが身を切られるほどの苦しみにさいなまれていることには、誰も気づかなかっただろう。ステージでフランコがファムケを迎えるのを見て、必死で呼吸を整えていたことも、周囲にはわからなかったに違いない。

ファムケの大げさな喜びようは、ほかの客から見れば場を盛りあげるための演出に見えただろう。彼女はヨーロッパ式に、フランコの両頬にキスをした。

ファムケの色気たっぷりの笑い声や、真っ赤なマニキュアを施した長い爪は、鋭いナイフと化してジアンナの心を引き裂いた。

我慢するのよ、とジアンナは心の中で言いきかせた。ファムケは魔女よ。だけど、フランコは彼女になんか惑わされないわ。

〝そうよ、人前ではね〟悪魔の声がささやく。〝でもプライベートではどうかしら？〟

急にジアンナの胸は騒ぎだした。なんとか落ち着いていた気持ちがずたずたに切り刻まれていく。

それでも叩《たた》き込まれた社交術が役に立ち、ジアンナは無理にほほえみを浮かべ、ステージに向かって拍手をし、笑いさえした。抽選で選ばれた三人の子供たちを祝してわき起こる興奮に合わせて。そして、テレビカメラを意識して。

どのくらい時間がたっただろう。一人一人の子供の写真、家族の写真がスクリーンに映され、コメントが述べられて……十五分？　それとも二十分？　その間ジアンナは、フランコに対するファムケのなれなれしい態度や、セクシーな微笑、挑発的な笑い声に耐えなければならなかった。ファムケはステージの上で、昔の恋人を相手にかつての親しさを再現しようとしているかに見える。

憤りに全身が燃えているのに、見かけだけ穏やかで冷静な態度でいるのは難しい。

ボディ・ランゲージは一種の技術であり、ジアンナは仕事や社交の場で有利な立場に立てるよう、その術《すべ》を身につけていた。ファムケの態度がジアンナにどんな影響を及ぼすのか、興味津々で観察している人がたとえいたとしても、何もわからなかったに違いない。

フランコが役目を終えて壇上から下り、戻ってくるのを、ジアンナはほかの客と同じように笑顔で見守った。目だけが笑っていないことがないように注意して、席につく夫を見る。

「よかったわよ、ダーリン」さりげなく言ったとき、思いがけずフランコが軽くキスをしてきた。彼の舌先が唇に触れる。

私を安心させるため？　それとも夫婦円満であることを人前で誇示するためなの？

きっと後者だわ。そう思いながらジアンナは離れていく夫の顔を見つめていた。

黒みがかった彼の目は、何か思いにふけっているようだ。気づいてほしくない心の内を気づかれてしまっただろうか。悟られてしまっただろうか？

そんなことはないはずよ。私たちはそれほど深くお互いを理解していないもの。違う？

そのとき、まるでジアンナの心を読んだかのようにフランコが彼女の手を取り、唇に持っていった。

やりすぎよ……ジアンナは夫の頬を指でなでたが、実のところピンクのマニキュアを施した爪を、彼の褐色の肌に立ててやりたい気持ちだった。

はたから見れば愛し合っている夫婦が交わす仕草に見えるだろう。しかし、黒みを帯びた瞳に一瞬燃えあがった炎は、フランコが妻の気持ちに気づいたことを物語っていた。私が自制していることも、いらだっていることも、彼は気づいている……。

ジアンナは微笑を絶やさぬまま、黙ってコーヒーが運ばれるのを見ていた。

ファムケが客のテーブルをまわるはずはない。でも……もしそんなことが起こって、真っ先にフランコがいるこのテーブルに来たら？　さすがにそこまで大胆な行動は控えるかしら？

乾いた笑いがジアンナの喉元にこみあげた。あのファムケが用心深く行動するわけがないわ。

直後、それを証明するかのように、グラマラスな女優は舞台裏から再び姿を現し、スポットライトの中心に立った。

あでやかな微笑を浮かべ、軽やかな笑い声をあげたあと、拍手する観衆に投げキスを送る。そして……ファムケは客席へと下りてきた。

予想どおり客によって進行は何度も阻まれたが、ファムケが向かう先は当然一つだった。二分だろうが、十分だろうが、どんなに時間がかかろうとも女優がめざすテーブルはただ一つ……。

演技をしよう、とジアンナはひそかに決意した。私だって人前で演技をするのは上手なはず。

これまでもずっと演技してきた。模範的な娘でいることが父にとってどれほど重要かわかっていたから。学校では優等生で通り、いくつもの賞をもらい、会社では実力があることを常に示してきた。親の七光で出世しているのではないと示すために。

大学入学前にフランスで過ごした一年間、少しだけはめをはずしたことがある。といってもせいぜい、男子生徒が運転するバイクの後ろに乗ったり、ボーイフレンドに連れられて少々怪しげなクラブに足を踏み入れたりしたくらいだ。しかも、いつだってジアンナの背後にはボディガードがついていた。

「フランコ」

媚《こ》びた猫を思わせる甘ったるい声で、ファムケがささやいた。その瞳が熱っぽく輝いているのを見てジアンナは歯噛《はが》みをした。

「ダーリン、ありがとう。ステージに上がってもらったお礼を言いたかったの」

ダーリンですって？

フランコは口元だけでほほえみ返した。「みんなの前で頼まれたのでは断れないからね」

優美な唇がすねたように少し突きだされた。

「適任だったと思わない？」半ばからかい、半ばとがめるように女優は言った。「あなたがチャリティに多額の寄付をしているのは有名ですもの」

フランコはわざとらしくジアンナの手を取り、指を絡ませた。「紹介するよ、妻のジアンナだ」

ファムケが知らないはずはなかった。二人の結婚はメディアで国際的に報じられたのだから。

青い目に一瞬、北極の氷原を思わせる冷たさが宿ったが、ファムケはすぐにそれを押し隠した。

「とても……興味深い選択ね」

「はじめまして、ファムケ」ジアンナは軽い口調で言った。声によそよそしい響きが込められていると気づいたのは、ジアンナをよく知る人だけだったに違いない。

「一度ゆっくり会いたいわ」

「昔を偲《しの》んで？」ジアンナは礼儀正しく尋ねた。もちろん、ファムケの誘いがフランコだけに向けられたものであることはわかっていた。

女優の口元にかすかな微笑が浮かぶ。「私たちのお付き合いにはそれなりの歴史がありますもの」

「過去の、ね」

ファムケは片方の眉をくいっと上げた。「私、自分の縄張りを主張する女性は嫌いよ」

「そう？　ますます意欲が駆り立てられるのではなくて？」

「あなた、私のことを恐れているの？」

あからさまな挑戦だ。ジアンナは、真っ向から彼女の宣戦布告を受けて立とうと決めた。実際に飛び散る火花が見えそうなほど、二人の間には緊迫した空気が漂っている。フランコの手に力がこもるのがわかったが、ジアンナは無言の警告を無視した。「その答えはフランコにきくといいわ」

「なぜだい？　君は一人で十分対処できているのに」ゆったりとしたフランコの言葉に、ファムケは目を細めた。

彼と調子を合わせよう。礼儀正しく対応するのよ。長いこと訓練されてきたもの、私にはできるはずだわ。「そろそろ失礼しましょうか。お開きの時間ですもの」

「逃げるつもり？」

いいえ、二人で熱い時間を過ごすために帰るのよ。そう言いたくてたまらなかったが、ジアンナは代わりに微笑を浮かべて席を立った。フランコも立ちあがり、周囲の客に別れの挨拶《あいさつ》をした。

「きっと近いうちに、またどこかでお会いすることになると思うわ」ファムケが滑らかに言った。

そんな事態は絶対に避けたいものだ。相手の顔を思いっきり引っぱたきたい衝動をこらえて会釈をしながら、ジアンナは思った。

〝男を食べる女〟というのはファムケみたいな女性のことを言うのだろう。

会場から退出する二人に、あちらこちらの知人や友人から声がかかった。招待への念押しや、社交界のイベントについての話題が飛び交う。

フランコの腕が背中にまわされ、その手がそっと背をなでるのをジアンナは意識した。私をなだめようとしているのだろうか。

今すぐフランコと愛し合いたかった。彼に溺《おぼ》れ、つかの間であっても、大切にされていると感じたい。二人は好意以上のもので結ばれていて、両家の絆《きずな》をつなぐこの結婚は単なる義務ではないと感じたい。

フランコは一度としてジアンナへの愛を口にしたことがない。体を重ね合わせている最中でさえ。しかもジアンナは、夫が自制心を失うところを見たためしがなかった。そのことが彼女をどうしようもないほどいらだたせていた。

「水曜の夜、お待ちしているわね」そう声をかけられ、ジアンナは我に返った。しっかりするのよ、とジアンナは自分を叱咤《しった》した。そうよ、水曜はウィルソンスミス夫妻のディナーパーティに招待されているのだったわ。「もちろんよ」ジアンナはニッキー・ウィルソンスミスに向かってほほえんだ。

やっとホテルのロビーに出られたときはほっとした。車に乗り込んでヘッドレストにもたれかかると、さらに気持ちが落ち着いた。フランコが滑らかに車を発車させ、郊外へと向かう車の流れに合流する。

彼に話しかける気にはなれない。家までの短い道中、ジアンナはほとんど言葉を発しなかった。

その代わり、彼女は流れゆく外の景色をずっと眺めていた。鮮やかなネオンサイン、行き交う車、インディゴブルーに近い空、大通りの両側に茂る木々、路面電車……。やがてぱらぱらと雨が降りだして路上を濡《ぬ》らした。ワイパーが窓ガラスの上で動きはじめる。車が、郊外にある昔からの住宅街トゥーラックに近づくと景色が変わった。重々しい門と高い塀に囲まれた高級住宅が並んでいる。

フランコがベンツを二人の家の門に滑り込ませると、ジアンナの口から思わず小さなため息がもれた。

門から家へと続くカーブした道沿いには、刈り込まれた低木が並び、左右対称に街灯が配置されている。その先に見えるのは、フランコがアメリカから帰ったあとに購入した二階建ての家だ。

ジョージ王朝風の外観を保ち、なるべく建築当時の様式に戻すように内部を改装するために、専門家が雇われた。改装された家には美しいアンティークの家具や有名絵画の原画が運び込まれ、今ではあたりでいちばん目をひく建物になっている。彼がさらに隣接した土地を買い取り、そこにあった家を壊してプールとテニスコートを建設したときには、マスコミでも話題になった。

フランコは何台もの車が駐車できるガレージにベンツを乗り入れた。ガレージの二階は寝室が二つある住居になっていて、信頼のおける使用人、ローザとエンリコが住んでいる。ガレージと母屋は渡り廊下でつながっているが、周囲に背の高い木を植えて、外からは廊下が見えないように工夫されていた。家とガレージの間にはさらにジムとスタジオも設けられている。

　二人はタイルを敷きつめた大きな玄関ホールに入った。天井からは精巧なクリスタルのシャンデリアが下がり、階段が曲線を描いて二階へと通じている。

　ジアンナはこの家のゆったりとした間取りが気に入っていた。一階にはくつろぐための空間と客を迎えるための空間が上手に組み合わされていて、模様のある大理石張りの床には豪華なペルシャ絨毯《じゅうたん》が敷かれている。二階の主寝室と複数の客用寝室にはゴブラン織りの絨毯が敷きつめられ、アンティーク家具が備えられている。

「何か言いたいことがあるんじゃないのか？」

　ジアンナは立ちどまって夫を見た。彼には私の心が読めるらしい。あまりにも読まれすぎて怖くなるくらいだ。

「車の中で言い争って、運転の邪魔をしたくなかったの」なんとか平静に言うと、ジアンナはフランコの瞳を真っすぐに見つめた。

　片方の眉が問いかけるように持ちあげられるのを見て、もっとはっきり言うことに決めた。

「ファムケとまた会うつもりなの？」

　顔つきこそ変わらなかったものの、フランコの動きが止まったのがわかった。一瞬だが、瞳に理解し難い表情が宿る。

「なぜ僕がそんなことを?」

　低く、ゆっくりとした口調で言われると、背筋に震えが走った。ジアンナは反抗するように首を傾けた。「それがファムケの希望みたいだから」

「そんなに僕のことが信用できないかい?」

　ジアンナは少し間を置き、言葉を選んだ。「私、もの笑いの種にはなりたくないわ」

「浮気はしないと、僕に誓ってほしいのか?」

「本気でそう思っているのならそうしてほしいけど、口先だけの約束ならいらないわ」彼女は夫に背を向けて階段に向かった。「口約束なんて当てにならないもの」ジアンナが考えつく精いっぱいの捨てぜりふだった。

　二人の結婚は、尊敬、相手への思いやり、そして体の相性をベースにして成り立っている。愛という要素はそこにはないはずだった。

　しかし現実は違った。一方通行の愛を抱いているジアンナにとって、それは地獄だった。

　二階に上がっていったジアンナは、フランコがついてくる気配を感じて振りむき、彼を見つめた。

「君は僕の質問に答えていないよ」

　二人は左右に広がる翼をつなぐ広い中央部分を抜けて、主寝室に向かっていた。

　ジアンナは先立って寝室に入り、ハイヒールを脱いだが、すぐに後悔した。低い身長がますます低くなってしまった。

「答える必要なんかないわ」

ジアンナは少し顎を上げ、驚くほど澄みきった瞳で夫を見た。それから指を折って数えはじめる。

「私たちは結婚していて、仕事の上でもパートナーだわ」その視線には揺らぎがない。

「私生活でもあなたは私に正直でいる義務があるわ」

フランコの瞳の奥で何かが動いた。「僕が君に嘘《うそ》をついたことが一度でもあるかな?」

「……ないわ」

「それは今後も変わらない。わかってほしい」

私を安心させているつもりなのだろうか。そうかもしれない。彼は愚かではないし、私が言ったことを理解したのだろうから。

フランコはジアンナに近づき、激しく打っている首筋の動脈を見つめた。「その反応は僕に対する賛辞かな、いとしい人《カーラ》」

そう、いつもイタリア式のこの呼び方だ。ダーリンと呼んでくれたことはない。私は都合がいいパートナーでしかないのだわ。私はそれ以上の存在になりたいと望んでいるのに。

社交界の仲間の中には、ジアンナがすべてを手にしていると信じている人たちもいる。巨万の富、申し分のない仕事、すばらしい男性……。でも夫の愛がもらえたら、そのすべてを投げだしてもいいのに。

勝手に夢を見ていなさい、と心の声がささやいた。フランコの愛が手に入るはずなどないんだから。

フランコはジアンナの両手を取り、それを自分の肩にのせさせると、頭を下げてきた。唇を求め、ジアンナの息がはずむのを確認するまでからかうようにキスを続ける。

彼女は歯で彼の下唇を軽く噛《か》み、少しの間そのままにしてから離した。「何をするつもり?」

ばかげた質問だ。彼の意図は十分にわかっているのだから。

再び唇が重ねられた。彼の唇に強く求められ、探られると、ゆっくりと全身が熱くなり気持ちが乱れた。こんなふうに生きている実感を味わえるのは、彼と触れ合っているときだけだ。

ジアンナはいつものように、体の深部に渦巻く快感を覚えた。彼が肩にかかるドレスの紐《ひも》をはずしていることにも、ファスナーを下ろしていることにも気づかなかった。赤いシフォンのドレスが絹の山になって床に落ちるまで。

残されたのはレースがついた深紅のショーツだけだ。それに彼が指をはわせると、体が震えた。彼の指がレースの模様をなぞり、その下へと忍び込んでくる。

鋭い快感が体を貫き、ジアンナは夫のシャツのボタンをまさぐった。早く肌と肌を合わせたくて、我慢ができなかった。彼のぬくもりを感じ、彼を味わいたい。

「服が邪魔だわ」このハスキーな声は本当に私の声なの？

彼の指先は、今度は胸の谷間をなぞっている。指が先端に到達すると、ジアンナは思わず声をあげた。

「じゃあ、脱がせてくれ」

ふと見るとフランコはすでに上着を脱ぎ、蝶《ちょう》ネクタイをはずし、靴まで脱ぎすてている。なぜ今まで気づかなかったのだろうか。

キスをされているうちに何がなんだかわからなくなったからだわ。意識にあったのは、全身を包み込む官能だけだ。

彼が唯一であり、すべてだった。ムスクの香り、魔術のような指遣い。ぬくもりと情熱と、奔放でエロチックな魔法を駆使して、フランコはジアンナの心を絡めとってしまった。

自分の指がフランコのシャツのボタンをはずしていることもほとんど意識になかったし、彼を挑発するゆとりもなかった。

早く邪魔なものを取り去りたいという気持ちに駆られて、ジアンナはフランコのシャツを、続いてズボンを脱がせた。

高まりを両手で包むと、フランコが小さく息を吸い込んだ。その姿を見て、ジアンナは口元に官能的な微笑を浮かべた。からかうように指を動かすと、今度はフランコが耐えきれなくなったようにジアンナの腰をぐっとつかみ、体を持ちあげた。

胸を吸われて、ジアンナは叫び声をあげた。頂に軽く歯が当てられ、唇が柔らかなカーブを愛《め》でる。

そのままの姿勢で彼はジアンナの芯《しん》の部分を探ってきた。うっとりするほどの快感に翻《ほん》弄《ろう》されて彼女は乱れ、我を忘れた。

興奮の嵐《あらし》が少し収まりかけたとき、彼は激しく唇を重ねてきて、ジアンナを再び喜びの頂点に導いた。

でもそれだけでは十分ではなかった。キスが終わり唇が自由になると、ジアンナはそのことを彼に告げた。

フランコは体の向きを変え、片手でカバーをめくってベッドの上にジアンナを横たえた。あとに続いたのは快感の饗宴《きょうえん》だった。時間をかけてゆっくりとお互いを味わい、耐えきれなくなるところまでともに昇りつめる。先に自制心を失ったのはジアンナだった。彼女の体は、二人の間にしか生まれえない化学反応に導かれて音を奏でる楽器になった。

催眠術にかかったような、電気が走ったような、嵐に巻き込まれたような情熱。どうすることもできない欲求と、原始的なまでの欲望に駆り立てられ、二人は飢えたように互いの感覚を満たし合った。

やがてフランコが入ってきた。ゆっくりと深く突かれると、神経も筋肉もすべてがけいれんし、体を弓なりにそらさずにはいられない。完全に一体になったときの不思議な感覚が二人を狂喜させた。

ジアンナは夢中になり、すべてを忘れた。自分が喉の奥から絞りだすような声をあげたことも、そのあと、フランコに抱きよせられて満足げに甘く喉を鳴らしたことも意識にならなかった。

充足感に満たされたジアンナは、フランコの胸に手を置き、体を寄せた。背中をなでられ、口元に柔らかな微笑が浮かぶ。

それから数分もたたないうちに、ジアンナは規則正しい寝息をたてていた。こめかみに優しく唇が押し当てられたことにも気がつかずに。もちろん、フランコがしばらくの間寝ずにいたことを、彼女が知るはずはなかった。

3

ゆっくりと目覚めたジアンナは、広いベッドに寝ているのが自分一人なのに気づいた。わかっていたことでしょう？　そう言いきかせながら大きく伸びをする。全身の筋肉を伸ばすと、昨夜の余韻がまだ体に残っているのがわかった。

フランコと共有した夜を思いだすだけで、体が熱くなってくる。ジアンナは小さなうめき声をあげて時計を見た。まだ朝早いことがわかると、いらだったように枕《まくら》をこぶしで叩《たた》いた。

今日は土曜よ。急いで起きる必要なんてないのに。

だが今さら眠れそうにもない。ジアンナはしかたなくベッドを抜けだし、シャワーを浴びに行った。

そのあとテラスに出て、簡単にヨーグルトと果物で朝食をすませた。

早朝の日光が大気を温め、それを補うようにかすかな風が吹いてくる。天気のいい初夏の一日になりそうだった。

コーヒーをいれて持ってきてくれたローザと、来週のスケジュールを打ち合わせた。水曜日以外は家で夕食をとる予定になっているが、メニューはローザに任せた。

彼女は腕のいいコックで、ジアンナとフランコが招いた客は必ずと言っていいほど料理を絶賛する。その上、家事は時間どおりにきちんと片づけてくれる。必要なとき外部からアシスタントを雇うのも彼女の役目だ。

九時近くになって、ジアンナは着替えのために二階に上がった。ジーンズとニットのトップを身にまとい、最低限の化粧をする。髪をゆるやかなアップにして、細いヒールのブーツを履くと、ショルダーバッグを手にして階段を下りた。

ジアンナがフランコの書斎に入ると、彼はラップトップからちらりと視線を上げた。彼女は再びキーボードを叩きだす彼を見て、椅子に腰を下ろした。

体にぴったりした黒のジーンズとTシャツに身を包んでいるせいか、フランコの隆々とした筋肉が強調されていた。

「出かけるのかい？」ゆったりした口調で彼がきく。

「ええ、買い物よ。気晴らしに」

実際、社交の機会が多いため、ジアンナはワードローブにも気を遣わねばならなかった。男性なら何度か同じタキシードを着てもいいのだろうが、大きなパーティに女性が同じドレスで出席すれば、新しいドレスを買う余裕がないのだろうと思われてしまう。社交界では見かけがすべてなのだ。それが夫の仕事の上でのステータスを測る物差しにもなる。

腕のいいデザイナーはどこでも引っ張りだこで、自分の注文服店《クチュール》を作って高額の報酬を得ることができる。どんな服にするか相談をするにも、仮縫いをするにも、すべて予約が必要だ。

「楽しんでおいで」フランコの瞳が面白がるように光るのを見て、ジアンナは苦い微笑を浮かべた。

「エステラの機嫌がいいように祈っていて」スペイン生まれのエステラは布地と糸を扱うことに関しては天才的だが、遠慮なくものを言う激しい気性の持ち主で、仮縫いのときには特にそれが顕著だ。しかもちょっとしたことに腹を立てて客を無視するので有名だった。

「夕食はどうする？　どこかに食べに行くかい？」

「家で食べましょう。ローザにそう言っておいて」

「僕が作るよ」

最初、フランコが料理上手だと知ったときは驚いたものの、一年たった今ではジアンナも驚かなくなっていた。「わかったわ」

ドアの前まで来たジアンナを、フランコが追いかけてきた。彼女は首をかしげ、無言で問いかけた。

「忘れ物だよ」フランコは両手でジアンナの顔をはさみ込み、唇を押しつけた。誘いかけるようにキスが激しさを増したが、ジアンナはなんとか耐えた。

でもどのくらい持ちこたえられるだろう。数秒がいいところだわ。

やっと解放されたとき、ジアンナは声さえ出せないほどだった。下唇を親指でそっとなでられると口元が震え、抑えるにはかなりの努力が必要だった。

だめ。彼の虜《とりこ》になっているのを悟られては。そう思っても、彼に触れられるだけでいつでも脚から力が抜けてしまう。

「さあ、楽しい一日を過ごしておいで」一瞬、間を置いて彼は続けた。「一つだけ君に言っておきたいことがある。口紅がにじんでいるよ。直してから行くんだね」

直すくらいでは間に合わないだろう。きっと拭《ふ》きとって塗り直さなくてはならないわ。

「あなたに噛《か》みつかれたからよ」

ＢＭＷをガレージから出す間も、ジアンナの耳元にはまだフランコの低い笑い声が残っていた。彼女はＣＤをかけ、ボリュームを上げると、門を抜けて外の道路に車を出した。

エステラは改装された古い大きな家の一室をサロンにしていた。駐車場にはたいてい空きがある。ジアンナは受付で挨拶《あいさつ》をするとラウンジに入った。

数分もたたないうちに、けばけばしい衣服を着た中年の女性が現れた。なんとも形容し難い深紅の帽子のようなものをかぶり、ぎょっとするほど派手な化粧をしている。

「遅刻よ、ジアンナ」

「いいえ、時間どおりよ」ジアンナは礼儀正しく答えたつもりだったが、相手からは高慢な視線が返ってきた。

「私に逆らうなんて、いい度胸をしているわね」

「私たちの時計が合っていなかったということで妥協できないかしら?」

真っ黒い眉が片方、軽蔑《けいべつ》もあらわに吊《つ》りあがった。「私の時計はいつだって正確よ。さあ、こっちへ」エステラはホールを抜けて仮縫い室へとジアンナを導いた。「服を脱いで。余計なおしゃべりはなしよ。雑談をする気はありませんからね」

ベージュ、濃い灰褐色、クリーム色、象牙色《ぞうげいろ》……普通の人ではとても思いつかない色の組み合わせだ。

ジアンナはエステラがその美しいシルクシフォンを広げ、ピンで留め、つめるのを見ていた。エステラは手を動かしながらも一人で何かつぶやいている。

「こんな服を持っている人はほかにいないはずよ。生地もデザインも、最高だわ」エステラは大げさに片手を上げた。「髪はアップにしてね。バランスがよくなるわ」そう言いながら一歩下がる。「宝石類は最低限に抑えて。ドレスに注意が集中するように。靴はヒールの高いきゃしゃなものがいいわ。参考のために布地のサンプルをあげるから、次回は靴を買って持ってきて。さあ、着替えが終わったら帰ってちょうだい。来週、同じ時間にいらっしゃい」

サロンを出たジアンナは、サングラスをかけて運転席に乗り込んだ。無性にコーヒーが飲みたかった。熱くて濃い、うんと甘いコーヒーが。一息ついてから靴を買いに行き、そのあと美容院に行こう。

鮮やかな色合いの、ブランドのロゴがついた買い物袋をいくつも車のトランクに積み込んだときにはもう一時を過ぎていた。まだいくつか買い物が残っているが、そろそろおなかがすいた。

トゥーラックロードにある高級喫茶店に入ったジアンナは、冷たい飲み物と野菜のオープンサンドを注文し、置いてあった新聞をめくりながら昼食をとった。ページをめくったとたん、ファムケの写真が目に飛び込んできて、もう少しで食べ物が喉につかえそうになった。

いや、正確に言えば、それはファムケとフランコが、昨夜の会場で一瞬抱擁した場面の写真だった。

ジアンナは気力を奮い立たせ、写真下の記事に目を向けた。そして、食べかけの皿を押しやった。

千人ほども集まったゲストの前で、ファムケが憶測を呼びそうな態度をとっただけでも耐え難いのに、その写真が大々的に地方版の新聞に載せられるなんて。全国紙で取りあげられれば、オーストラリアじゅうに宣伝されることになる。

ジアンナは小声で悪態をついた。これまでずっと表面下でくすぶっていた疑いが浮かびあがり、いつの間にかジアンナの気持ちをむしばみつつあった。

愛がこんなに苦しいものであっていいはずはないわ。

ストレスを感じたとき、買い物で憂さを晴らすのは女性の特権だ。さっき、気に入って目を留めたものの、高額なので買うのをためらった靴があった。

買ってしまおう。数足買ったって、お金に困るわけではない。店じゅうの靴を買い占めることだってジアンナには可能だった。

ジアンナは靴を買いに行こうと決め、バッグを取りあげて肩にかけると、勘定を払って外に出た。そこには信じ難いことに、ファムケがいた。

すでに気分が悪くなりかけていたのに、さらなる打撃をくらったような気持ちだった。

「まあ、ジアンナ！」ファムケはわざとらしく驚いてみせた。「偶然ね」

そうだろうか。高級住宅街として知られるこのトゥーラックは、私のようなキャリアウーマンが土曜日に買い物をしたり、美容院に行ったりするのに打ってつけの場所だ。ちょっと考えれば私がこのあたりにいると推測できるだろう。

ということは、ファムケには目的があるの？

ジアンナはシニカルになっている自分を叱《しか》った。

「こんにちは、ファムケ」とりあえずは礼儀正しくしておこう。

「ジアンナ、コーヒーでもご一緒しない？」

私が誘いに乗ると、本気で思っているの？「お誘いはありがたいけど、あなたとは特にお話しすることもないから」

「約束があるから、くらいの口実は使ってほしかったわね」非の打ちどころなく整えられた眉を、大げさにひそめる。「私が何を言いだすかと思って、怖い？」

対決するべきだろうか、それとも黙って立ち去るほうがいいだろうか。もちろん、きっぱり言ってやるべきだわ。

「せいぜい狩りを楽しんだらいいわ」

「核心を突いてくるのね」思わせぶりにそこで言葉が切られた。「戦線を張る前に、もう奇襲攻撃？」

「そうよ。時間の無駄は嫌いだから」

ファムケは口元だけで笑った。「私も同じ主義よ」

もう十分だ、と判断して立ち去りかけたジアンナの腕を、ファムケが突然つかんだ。

「セックスの魅力を甘く見ないほうがいいわよ」

ジアンナはその挑戦を受けて立った。「あなたの、それとも私の？」

できれば相手を引っぱたきたかったが、まさか公衆の面前でそんなことはできない。

その代わりにジアンナは靴屋に出向き、目をつけていた靴を買った。続いてマニキュアとペディキュアを施し、フェイシャルエステもしてもらった。

ガレージに車を乗り入れたのは五時過ぎだった。

買い物袋を抱えて玄関に入り、階段を上りかけると、フランコが姿を現した。

「手を貸そうか？」

なぜかひどくゆったりしたその口調が、ジアンナを警戒させた。しかも彼は至近距離に立っている。シャワーを浴びてひげをそったらしく、黒のズボンとシャンブレー織りのシャツに着替えていて、シャツの袖《そで》はひじまでまくりあげられていた。

「大丈夫よ」

フランコが妻の表情をうかがい、目をわずかに細めたことに、彼女は気づかなかった。

「それを運んだら、キッチンでサラダを作るのに手を貸してくれ」

「わかったわ」

二階に上がっていくジアンナの後ろ姿をフランコは見つめていた。肩がこわばっているのは、両手にいくつも紙袋を下げているせいではなさそうだ。

ジアンナは大した女性だ。気が強く、誠実で、プライドがある。それでいて妙にもろいところも持ちあわせている。彼女は、フランコの興味を引いてやまない存在だった。

買ったものを全部収納し、シャワーを浴び、パンツと流行のトップに着替えてサンダルを履くまでに、ジアンナはかなりの時間を要した。髪はアップにまとめ、化粧はピンクのリップグロスだけにした。ジアンナがキッチンに入っていくと、よく冷えた白ワインを入れたグラスがすでに用意されていた。

フランコはグラスを彼女に手渡した。「ほら、君の分だ」彼も自分のグラスを取り、ジアンナのグラスと合わせる。「乾杯」

ジアンナは、さりげない日常の幸せを彼と一緒に味わい、今夜がどんなふうに終わるかに期待を寄せたいと心から思った。彼に溺《おぼ》れてすべてを忘れ、明日には立ち直っていたい。でも、ファムケが二人の間に割り込もうとしている事実を忘れるわけにはいかない。フランコがかつてファムケと共有した時間は、今私と共有しているものに近いのだろうか。彼のたくましい体がファムケの体と絡み合っている光景を想像するだけで、頭がおかしくなりそうだ。

想像力がジアンナの最大の敵になりはじめていた。うまくコントロールしなければ、負けてしまう。

演技するのよ、と心の声がささやいた。あなたは演技が得意なはずでしょう？

レンジにかけられた小さなポットからいい匂《にお》いが漂ってくる。ジアンナは鼻をくんくんさせた。「マリナーラ・ソースかしら？」

「ああ。パスタは何がいい？」

ジアンナは迷わず言った。「フェットチーネがいいわ」

フランコは手際よく戸棚からそれを取りだし、湯が沸騰している大きな鍋《なべ》に入れた。火加減を調節してからジアンナに向き直る。

「今日はどんな一日だった?」

本当のことは言いたくないけれど、隠し事をしても彼にはすぐに見破られてしまうに違いない。「楽しかったわ。ファムケが登場するまでは、だけど」

彼は目を細めた。「詳しく話してくれ」

ジアンナは淡い黄金色のワインを少し口に含み、味わってから喉に流し込んだ。「事実を教えてほしい?　それとも私の気持ちが知りたいの?」

「両方だ」

ジアンナは慎重に夫を観察したが、表情からは何もうかがえなかった。「コーヒーを飲みに喫茶店に入ったの。店を出たら、彼女にでくわしたわ」

「そうか」

「偶然だったということにしておきましょう」ジアンナは片手で髪をかきあげた。「意図的だったと思いたくはないもの」

シンクの横に洗って置いてある野菜に目を留めたジアンナは、緑の葉をちぎってボウルに入れはじめた。だがフランコにそっと顎をつかまれ、彼の方に顔を向けさせられた。

「僕らはゆうべも同じ話をした」

そう、でも結局何も解決しなかった。

「彼女は何かを企《たくら》んでいるわ。そして、絶対成功させると決心している」

「無視していればいい」

「ご心配なく。私はちゃんと対処できるわ」もちろんそうだ。言葉で負けない自信はある。でも気持ちの上ではどうだろうか。とても勝ち目がないように思える。

フランコは無表情のまま、親指でジアンナの唇を優しくなぞった。ジアンナは一瞬、息ができなくなった。

フランコはすぐにジアンナを解放し、レンジに近づいた。

サラダの用意が終わると、ジアンナはテーブルをセットし、ガーリックトーストがオーブンで温められていることを確認してから、パルメザンチーズを削った。フランコはパスタを鍋から取りだしている。

「とてもおいしいわ」料理を口にしたジアンナは、軽くワイングラスを持ちあげて夫に感謝の意を表した。家でシンプルな食事をゆったりと楽しむのは、社交ばかりの忙しい日々の中で、つかの間のくつろぎだった。

「ありがとう《グラツィエ》」

ものうげな微笑に、ジアンナもほほえみ返す。「どういたしまして《プレーゴ》」

「イタリア料理にはイタリア語の会話、かな？」

「そういうわけではないけど、練習しようかと思って。明日の夜はアナマリアとサントを招待しているのを忘れた？」

「偉大なる祖父母、か。ローザには何を作ってもらうつもりだい？」

ジアンナはワインを口に運び、フォークにパスタを巻きつけた。「料理は私が作ろうと思うの」

ジアンナは少し不安げに夫の反応を待っている。フランコはその姿を見て、笑いを押し殺した。「力作に挑戦しようとしているのかな」

「まあね」

「ローザには手伝ってもらわないのか？」

ジアンナは晴れやかに笑った。「一人でできるわ。一日そのために空けてあるの」

「ますます明日の夜が楽しみだ」

ジアンナの瞳にいたずらっぽいきらめきが浮かんだ。

「そうでしょう？」

ローマに滞在中、ジアンナは有名な料理学校に通っていた。自分でも前世ではシェフだったのではないか、と思うことがある。ただ、祖母は難関だった。

アナマリア・カステリは料理についてことのほか詳しく、自分の好物を上手に作ってもらえるよう、自ら家政婦を仕込んだほどだ。味覚、嗅覚《きゅうかく》にすぐれていて、一度口にした料理は材料どころかそれぞれの調味料の分量までわかる、と常々豪語している。

　フランコの祖父サント・ジャンカルロはアナマリアとは対照的に、食べることが大好きで、おいしくて胃にもたれない限りどんな材料が使われていようと気にしない。

　二人は性格が全く違うが、はたから見ると似ているところもある。もっとも本人たちは絶対にそれを認めないだろうが……。

　ジアンナは最後に残っていたフェットチーネをフォークですくいとった。ガーリックトーストを一切れ食べて、ワインを飲みほす。

「お料理をしてもらったのだから片づけは私がするわ」そう言うなり皿を片づけはじめた。ローザに後片づけを押しつける気はなかった。「コーヒーはいかが？」

　フランコが立ちあがった。「僕がいれるよ。僕の分は書斎で飲むから」

「私もそうするわ」早急にしなければいけないメールのやり取りがあるし、来週の仕事や夜の予定を把握しておかなければいけない。何より、日曜日の夜の献立を考えるという大仕事が残っている。

　ジアンナは持ち前の手際のよさでじきに片づけを終え、キッチンの調理台を元どおりぴかぴかに磨きあげた。自分のためにはコーヒーでなく紅茶をいれると、書斎として使っている部屋に持っていく。

　ジアンナがラップトップを閉じてベッドに入ったのはかなり夜も更けてからだった。

うとうとと眠りかけたとき、フランコの存在を感じて、ジアンナは自ら彼の腕の中に体を寄せた。

温かな肌、がっしりした体……フランコはどこまでも男らしい。彼の唇が喉元のくぼみに押し当てられた。闇《やみ》の中なら〝欲しい〟と〝どうしても必要〟という言葉は同じ意味を持つと、自分をごまかすことができる。

巧みな指がジアンナの繊細な曲線を探り、からかい、じらす。やがて息が喉につまり、我慢ができなくなってきた。

今よ、お願いだから。

彼に唇を奪われると、ますます耐えきれなくなり、ジアンナは差し込まれた舌を軽く噛んで、フランコの胴に脚を絡めた。

「おねだりかい？」

返事をすることなど不可能だった。フランコが侵入してくると何もわからなくなり、彼の存在だけが世界のすべてになった。鋭い感覚が螺旋《らせん》状に全身を駆けめぐる。体の芯《しん》からほとばしりでて、あふれてくる情熱……。

フランコは体を離すと、もう一度ジアンナを抱きよせた。

4

翌朝、ジアンナは早起きしてシャワーを浴び、カーゴパンツと袖《そで》なしのトップに着替えて、フランコとテラスでゆっくりと朝食をとった。

分厚い日曜版の新聞を読んでいるフランコを残して、食料庫を点検に行く。

アナマリアは自分の家の家政婦は、サントの家政婦よりはるかに料理の腕が上だと公言している。つまりは家政婦を仕込んだ自分自身の腕前を自慢しているのだ。

アナマリアとサントは、常に相手の上を行こうとして何かというと張り合う。だが、本当のところは言い争いを楽しんでいるだけなのだろう。

時間をかけて考えた結果、ジアンナはメニューを決めた。ブルスケッタにリゾット、ローストチキンとサラダ。デザートには果物を使ったフランを作ることにした。

ジアンナは買い物リストを作り、ワインを冷やし、ショルダーバッグを持ってフランコを捜しに行った。彼は書斎にいた。

「買い物かい？」フランコがラップトップから顔を上げて言った。

「足りないものを少しだけ。今日の予定は?」

フランコは椅子にもたれ、ラップトップを指さした。「大分はかどったから、午後は手伝えるよ」

ジアンナは小さくほほえんだ。「じゃあ、テーブルのセッティングをお願いするわ」

「フォーマルにするんだろう?」

いたずらっぽい光がジアンナの瞳に宿る。「そうね、きちんとしましょう」上質のリネン、バカラのクリスタル、クリストフルの銀器、中央にはアクセントの花……頭の中でその図を想像して、彼女は買い物リストに花を加えた。

「うまくいくかな?」

フランコの個性的な顔立ちやポロシャツに包まれたたくましい肩を見ているうちに、ジアンナは急に妙な気分になってきた。今、デスクをまわり込んで彼に近づき、膝にのって唇を押しつけたら、彼はどうするかしら?

キスを返してくる? 面白がる? 本気になる?

彼が私に応《こた》えてくれるのはよくわかっている。

そう、私は彼の穏やかな情愛を受けている。でも彼は私を愛してはいない。

そんなことで動揺していてはだめよ。「がんばるわ」

フランコの口角が少し上がった。「キャンドルも飾ろうか?」

アナマリアはロマンチックに飾られた食卓を見て驚くだろう。そしてその理由を推測し、最後にお決まりの質問をするに違いない。

「それはやりすぎだわ」

一年たっても妊娠しないことは、特に問題ではない。今のところは……。そう思いながらジアンナはBMWに乗り込んでエンジンを始動させた。

公道に出て主要道路に乗り入れる間も、ジアンナは考えていた。私の、そして彼の子供。二人の祖父母が待ち望んでいる曾孫《ひまご》。それこそが、サントとアナマリアが唯一の孫同士を縁組みさせた、いちばんの理由なのだ。

でも、万が一子供ができなかったら？

冗談じゃないわ。私は若いし、健康よ。あせる必要などないわ。

とにかく今日のことを考えようと自分を励まし、ジアンナはスーパーの駐車場に車を停《と》めた。

何はともあれ、新鮮な野菜が必要だ。そのあとで近くのパン屋で焼きたてのバゲットを買うつもりだった。

一時間後、ジアンナは車から買い物袋を降ろし、キッチンに運んで料理を開始した。ランチは省き、料理の合間にバゲットの端とチーズ、果物をかじる。

「準備は進んでいるかい？」

ジアンナがリゾットのソースをかき混ぜていた手を止め顔を上げると、フランコの笑顔が目の前にあった。彼女は鼻にしわを寄せて答えた。「味見したい？」スプーンでソースをすくい、彼の口に運んで意見を待つ。

「完璧《かんぺき》だ」彼は手を伸ばして、ジアンナの顔にかかっていた一筋の髪を耳の後ろに戻してくれた。「じゃあ、そろそろセッティングにかかろうか」

フランコはもう黒のズボンと真っ白なシャンブレー織りのシャツに着替えている。あわてて時計を見たジアンナは、自分も着替えなければならない時間だということに気がついた。

アナマリアとサントは、別々に四時半ごろ到着するはずだ。まずワインを味わいながらビスコッティをつまみ、話をする。夕食は六時半。コーヒーを出すのが九時。そして十時にお開き。

そのパターンはいつもほとんど変わらない。ジアンナはシックな黒いパンツとシルクの白いシャツを着て化粧をし、ほんの少し香水をつけると、ハイヒールを履いてキッチンに戻った。

食堂の準備は完璧だった。彼女はテーブルに並べる食器を揃《そろ》え、最後の点検をすませて腕時計を見た。

時間ぴったりに、表門に人が来たことを知らせるブザーが鳴った。玄関に出ていくと、フランコが電気じかけで開く門のスイッチを押すところだった。

アナマリアかサント、どちらだろうか？

二人はどちらも、正確に時間を厳守するたちだ。そしてどちらも、相手には絶対に負けたくないと思っている。

フランコがビデオの画面を示した。「どっちが来たのか、チェックするかい？」

「そうしたら楽しみが半減するわ」

そのとき、サントの運転する真っ赤なフェラーリが私道を進んでくるのが見えた。フランコが両開きの玄関扉を大きく開く。サントの車のすぐ後ろに、アナマリアのベントレーが続いた。

二人が車から降りてきた。サントは、いまいましげににらんでいるアナマリアに勝ち誇ったような笑みを向け、優雅な仕草で彼女を促し、先に立てて玄関に導いた。

「ふん！　恥を知りなさい。その年であんな妙な車を転がしているなんて」

「なぜだね？　気持ちは若い者に負けないつもりだ。私にぴったりだと思うが」

「若いなんて、よくそんなことが言えるわね」

「そのうち君をドライブに誘うよ。一度乗ってみればわかってもらえるだろう」

「ベネチアじゅうが水浸しにでもならない限り、そんな誘いには乗りませんとも」

ジアンナは目をくるくるまわしながら、いつものように祖母の両頬にキスをした。サントとも同じように挨拶《あいさつ》を交わす。

「二人とも元気そうで何よりだ」

いつもどおりの言葉を受けて、ジアンナは足どりも軽く客間に二人を案内した。

「おばあさま、お茶《グラッパ》はいかが？」

「ありがとう」

「サントはエスプレッソ？」サントは年寄り扱いされるのはいやだという理由で〝おじいさま〟と呼ばれることを拒んでいる。

「エスプレッソはカフェインが多すぎるわ。眠れなくなるわよ」アナマリアが警告した。

「ご老人、私ならいつだってよく眠っているさ」

「そんな呼び方をするなら、私もあなたをご老体と呼んであげましょうか？」

来て五分もたたないのに、二人は早くも舌戦を繰り広げている。

「いいかげんにして。紅茶とコーヒーの代わりにピストルでも出してもらいたいの？」ジアンナまでがつい二人のペースに巻き込まれてしまった。

アナマリアはにっこりと笑った。「このご老体にコーヒーを持ってきてあげなさい。どうやらカフェインが必要らしいから」

「グラッパを少し垂らすのを忘れないでほしいな」サントがいたずらっぽく笑う。

アナマリアは黙ってはいなかった。「ディナーの前からもうお酒？」

「ご老人、私は毎朝グラッパ入りのコーヒーを飲むんだ」

そのことはアナマリアもよく知っている。ジアンナは、祖母がサントをどうやり込めるのか半ば期待しつつ見守っていたが、彼女は一言言っただけだった。「あきれたわね」

「私を見習えばきっといいことがあるよ」

アナマリアはサントの言葉を無視して、孫娘に注意を向けた。

「何か私に報告はないの？」

なんてわざとらしい質問かしら。ジアンナは皮肉めいた気分で思った。「フランコにきいて。私は紅茶とコーヒーを用意してくるから」

〝僕に押しつける気か？〟フランコの黒みを帯びた瞳がそう問いたげに光るのを見届けてから、ジアンナはその場から逃げだした。

紅茶とコーヒーを飲みながら、四人は仕事の話やとりとめのない会話を楽しんだ。驚いたことに、アナマリアとサントはいつもほど冗談を言ったり、やり合ったりしない。

私が席をはずしている間にフランコが牽制《けんせい》するようなことを言ったのだろうか。そうかもしれない。彼は戦略家だから。

「ジアンナに庭でも見せてもらいましょうか」ジアンナが従うのは当然とばかりに、アナマリアはさっさと立ちあがった。「戻ったら食前のワインをいただきましょう」

「そう、新鮮な空気を吸ったら食欲が出るかもしれない」フランコも立ちあがり、祖父を見やった。「サントは？」

「彼の邪魔をするつもりはないわ」

そっけなく言うアナマリアに、サントは微笑を向けた。「喜んで一緒に庭を歩かせていただくよ」

「ばかばかしい」

「なんとでも言えばいい。でも私は散歩がとても好きなんでね」

アナマリアは口の中で何か、悪態と思われる言葉をつぶやいた。

夕方の大気は少し冷えはじめている。ゆっくりと沈んでいく太陽はさえざえとした色を失っていて、これから降る雨を予感させた。

見事に手入れが行き届いた花壇には鮮やかな色の花々が咲き誇り、その背後には灌木《かんぼく》が整然と植えられている。装飾庭園と刈り込まれた芝生は、エンリコと彼のアシスタントの手入れの賜物《たまもの》だった。

「ここに薔薇《ばら》を植えるといいわね。それからグラジオラスも」

ジアンナも同感だった。祖母は植物が大好きだ。自ら土地を耕し、養分と水を与えて種を育てる。除草剤も、できる限り有機のものを使う。

祖母の家の庭は一見の価値がある。ガラス張りのコンサーバトリーでは室内用の植物が育てられ、温室では熱帯の植物が栽培されていた。

もちろん、アナマリアが人生を捧《ささ》げているのはジャンカルロ・カステリ社だが、庭と植物はそれにつぐ彼女の関心事だった。

願いがかなって孫娘とフランコが結婚した今、アナマリアは曾孫の誕生が待ちきれないようだ。

五十も年が離れた二人の女性は一緒に庭を見て歩いた。後ろには祖父とその孫息子がゆったりした歩調で続く。

ジアンナは先祖代々続く絆《きずな》の重みを感じていた。そして、それを守っていく必要性を。

だけど子供には愛し合っている両親が必要ではないかしら？

そう思う一方、この結婚で生まれる子供が愛されず、大切にされないと誰が言えるだろう、とも考える。

母として、自分はありったけの愛情を子供に注ぐつもりだ。でもフランコは？　彼が笑っている子供を高く持ちあげ、父親としての喜びを満喫しているところを想像してみる。

私たちの結婚が本物の愛に根ざしたものであってほしいと望むのは、高望みだろうか。

自分一人だけが彼の愛の対象だと確認したいと思うのは……。

そうよ。そんなことは夏に雪が降るのを期待するようなものだわ。

じゃあ、ファムケのことはどうするの？　彼女がこのまま私たちの前から消えるとはとても思えない。

〝だからぼうっとしていないで、きちんと現実と向き合うのよ〟心の声がささやいた。

「もう少し根覆いを敷いたら効果があると、エンリコに言っておいて」

ジアンナは祖母の言葉で現実に引き戻された。「いいアドバイスだわ。彼も喜ぶわ」

「少し寒くなってきたね」二人に追いついたフランコがジアンナの腰に手をまわした。

「そろそろ家に入ろうか」

今、ジアンナたちは祖父母と一緒にいる。いわば結婚をそそのかした張本人たちだ。彼らは孫同士の結婚が恋愛の上に成り立ったのではないことを知っている。だから二人の前では体裁を繕う必要はないはずだ。

ジアンナはフランコをちらりと見たが、彼の表情からは何も特別なものは読みとれなかった。

そのとき、急にぽつぽつと雨が降りだした。四人はあわてて家に向かい、屋内に逃げ込んだ。とたんに稲妻が空を射抜きはじめ、すぐさま嵐《あらし》のような大雨になった。

ディナーは大成功だった。どの料理も手際よく供され、味も好評だった。

「ローザががんばったのが、よくわかるわ」

アナマリアの賛辞はお世辞ではなさそうだ。サントはワインが入ったゴブレットを掲げて、満足そうに自分の指にキスをした。「何もかも最高だ」

ジアンナはフランコが椅子の背にもたれかかるのを眺め、考え込むような彼の視線を落ち着いて受けとめた。「デザートを取ってくるわ」

艶《つや》やかでおいしそうなフルーツフランは、食事の締めくくりに最適だった。甘い物好きのサントはことに喜び、ほめてくれた。

「コーヒーをいれるから、ラウンジでゆっくりしていて」ジアンナがそう言うと、サントはデザートをお代わりしたいと申しでた。

「ローザはいないの?」アナマリアが尋ねる。

ジアンナは、祖母の口調に含まれる驚きの響きを聞き逃さなかった。「初めからいないわ」

「だったら片づけるのを手伝うわ」ジアンナが大皿を片づけはじめるとアナマリアはそれぞれが使った皿を集めだした。

「お客さまだもの、そんなことしないで」そう言ってみたが、すぐに言い返された。

「家族ですよ」反論を許さない口調だった。

「いいから。ジアンナは君にキッチンに入ってほしくないんだよ」サントが口をはさむ。

アナマリアは相手がたじろぐほど鋭い目でサントをにらみつけた。

「自分はキッチンに入ったこともないくせに」

「私は独り暮らしだよ。どうやって食事がテーブルに出てくると思うのかね?」

アナマリアはふんと鼻を鳴らした。「家政婦がいるじゃないの」

「それは君も同じだ」

フランコは言い合いをしている二人を交互に見て、割って入った。

「ラウンジに行きましょうか」

ジアンナは食器を皿洗い機に入れ、コーヒーメーカーをセットした。トレーにコーヒーカップを用意し、いれたてのコーヒーのポットを加えてラウンジに運んでいくと、ちょうどアナマリアがフランコを問いつめているところだった。

「もちろん、あらゆる手段を取るつもりでしょうね？」

ジアンナはトレーを置いてカップにコーヒーを注《つ》いだ。「なんの話？」

「あなたの妊娠の話ですよ」アナマリアは歯に衣《きぬ》を着せない言い方をした。

ジアンナは自分のカップを取りあげ、一口コーヒーを飲むと祖母を正面から見た。「そのときには必ず、真っ先に知らせるわ」

「言っておくけれど、私は若くなることはないのよ。どんどん年をとるんだから」

ジアンナは大きく息を吸い込んでからゆっくりと吐きだした。「この結婚の話を進めたのは、おばあさまよ。私はそれに従った。ジャンカルロ・カステリ社の後継者が必要なことはちゃんとわかっているわ」機転と駆け引きというすばらしい資質を、ジアンナは両方とも持ちあわせていた。

「いつ子供を作るかは、僕らが決めることですから」フランコが会話に割って入る。

アナマリアは一瞬、信じられないと言いたげな表情になり、少しの間呆然《ぼうぜん》としていた。

「ご老人、二人のことは放《ほう》っておきなさい」サントは明らかにこの状況を楽しんでいた。

「子供のことにこだわりすぎだ」

「あなたの忠告なんか必要ないわ」

「そうはいかない」

アナマリアはソーサーにカップを戻して立ちあがり、背筋をしゃんと伸ばして肩をいからせ、バッグを手に取った。その姿には、まさに女家長といった雰囲気が漂っていた。

「お招きに感謝するわ」アナマリアは礼儀正しく言ったものの、声には冷たい響きが含まれていた。「おいしかったとローザに伝えておいてちょうだい」

ジアンナは夫とともに祖母を車まで見送った。

「気をつけて帰ってね」優しい言葉にアナマリアの表情がわずかになごんだ。彼女はジアンナの頬にそっと触れてから、運転席に乗り込んだ。

アナマリアの車が去ると、サントが二人に近づいてきた。「まったく、女性とは困った生き物だ」

ジアンナは思わずほほえんだ。「女の人は誰でも？」ユーモアたっぷりに間を置いてから続ける。「それとも、特定の女性かしら？」

「一度誰かがアナマリア・カステリの高慢ちきな鼻をへし折ってやるといいんだ」

ジアンナはサントに腕を絡ませた。「それがあなたの人生における使命なの?」

サントの笑い声がすべてを語っていた。

「悪い人ね」言いながらジアンナは背伸びをしてサントの頬をなでた。「あまり手ひどくしないと約束してね」

「もちろん。節度を守るさ」サントは赤いフェラーリに乗り込み、エンジンを入れて発進させた。門のところで少しだけ速度を落とし、そのまま外に出ていった。

フランコの手が肩に置かれた。肩甲骨のあたりをそっともまれ、ジアンナはつかの間目を閉じた。

「楽しい夕食会だったね」

「そう思う?」

玄関に入ると、フランコはジアンナの肩にかけた手をウエストのあたりまで下げ、防犯装置をセットした。

「君に皮肉は似合わない」多少面白がっているような口ぶりだ。夫の視線をジアンナは真っすぐに受けとめた。

「私、あなたに感謝しなければ」

「何を?」

「助けてくれたことを」

フランコの目が光る。「ごほうびに何をくれるのかな？」

「完璧主義のローザが満足するまでキッチンを磨きあげる手伝いを免除するわ」

フランコの低い笑い声はジアンナの心を期待でざわめかせた。「それじゃあ足りないな」

「片づけが終わるころには、あなたはきっとぐっすり眠っているわ」

フランコはジアンナを抱きよせて唇を重ねた。「それはどうかな？」そして書斎に消えた。

ジアンナが寝室に戻ってみると、フランコはいなかった。彼女は服を脱ぎすて、化粧を落としてTシャツだけをまとってベッドに入った。

いつの間にか眠ってしまったらしい。ジアンナは手がヒップから胸に、さらに首筋へと伸びてくるのを感じて目覚めた。

向きを変え、彼の体を、ぬくもりを、力を享受するのは簡単だった。闇《やみ》の中ならば、二人が共有しているのが単なる欲望だけではないと信じることができる。

彼の腕の中でジアンナは奔放な女に変身した。原始的なめくるめく愛の行為を、心ゆくまで味わった。

体じゅうの神経が震え、おののく。官能の嵐が去ると、ジアンナは完全に脱力して横たわった。彼によって満たされたという充足感がこみあげてくる。これほど完璧な充足がこの世にあるとは、かつては想像すらできなかった。

5

その日はいつになく渋滞がひどかった。ジアンナは街に向かっていたが、一つの信号の前でライトの色が変わるのを三回も見なくてはいけない、という状態だった。

月曜日からついていない。

フランコは早めに仕事に取りかかりたいと言って早朝に家を出たから、この渋滞には引っかからなかっただろう。

ジアンナはいらだたしげにハンドルを指先で叩《たた》き、気持ちを静めようとした。

ふいにファムケの姿が脳裏に浮かんだ。オランダ生まれのあの女優は、いつ次の行動に出てくるだろうか。

今日か、明日か。油断はできない。ファムケは、時間を置かずに別の切り札を出してくるに違いない。

前にいる車が動きはじめた。どうかこの信号を越せますように、と祈るような気持ちでジアンナは車を進めた。

会社に着いてもろくなことはなかった。アシスタントはまだ病気で休んでいる。仕事に取りかかろうとしたとき、フランコがオフィスに現れた。めったにそんなことはないので、いやな予感がした。

彼はアルマーニのスーツと手縫いのイタリア製の靴で身を固めている。シャツは高級な木綿、ネクタイはシルク……どこから見ても貫禄《かんろく》のある社長だ。だがそういったものよりもさらに目を引くのは、彼の全身から発せられている、誰もがうらやむような力強いオーラだった。

ジアンナは夫の表情をうかがったが、何も読みとることはできなかった。

「何か話があるのね」

フランコは畳んだ新聞を取りだし、ジアンナに手渡した。「今日の新聞だ」

それはかなり発行部数の多い新聞だった。

ジアンナはゴシップ欄に目を走らせた。フランコとファムケが一緒に写っている写真とその見出しを目にしたとたん、胃がよじれた。

ファムケは時間を無駄にしなかったわ。

ジアンナは椅子に座り込み、自分を励ましながら黒みがかった瞳を真っすぐ見つめた。

「私が驚かないように言いに来たの？　少しでも私の困惑が少なくなるように？　それとも弁解しに来たの？」

「ああ」いやに滑らかな口調に危険なものが感じられたが、ジアンナはあえてそれを無視した。

「あら……」わざと間を空けて続ける。「私のことを思いやってくれてうれしいわ」

「ジアンナ」

フランコはかすれた声でジアンナの名を呼んだ。もしかしたらこのまま首を絞められるのではというばかげた考えがジアンナの脳裏に浮かんだ。

「あなたに守ってもらう必要はないわ」やっとの思いでクールにそう言ったとき初めて、一見普通に見える彼の表情の奥に怒りが隠れているのがわかった。

フランコの顎は小刻みに震えている。「心が広いんだな、君は」

「勝手にそう思っていれば」

もう彼の方を見る勇気がなかった。必死に隠している感情を少しでも知られるのが怖かったから。これほど傷つくことができるとは、思ってもみなかった。しかもこれはまだ始まりにすぎないのに。

フランコは机をまわってきてジアンナの顎を指でつまみ、ぐいと顔を上げさせた。

「言っておくが」ぞっとするほど優しい口調だ。「この写真は五年前に撮られたものだ。見出しに書いてあることはまったくの推測で、記事もでたらめ。名誉棄損ものだ」

冷静さを失ってはだめ、とジアンナは内心で自分を制した。怒ってはいけない。

「どうして私にわざわざ説明しに来たの？」

ひどく長い間、フランコは何も言わなかった。やがて親指で軽くジアンナの唇をなでて手を離した。

「僕はすでに何件かのメディアからの問い合わせに対応した。次は君のところに来るだろう」

「話を合わせてほしいということ？　私たちの結婚生活は安泰だと言ってほしいの？」言いだしたら言葉が止まらなかった。「ファムケなんかに脅かされる心配はないと？」一呼吸置いて続ける。「つまり、嘘《うそ》をつけと？」

フランコの視線が厳しくなった。「言いたいことはそれだけか？」

「私はあなたに忠実でいるつもりだわ」静かにジアンナは言った。「でもあなたは？」

歯を噛《か》みしめたのか、フランコの顎が動いた。「疑う理由でもあるのか？　ないはずだ」

普通の口調で答えるにはかなりの努力が必要だった。「記事のこと、教えてくれてありがとう」

二人の間に緊張した空気が漂った。彼の瞳が一瞬陰りを帯びたが、すぐに元に戻った。

そのとき、ジアンナの携帯電話のブザーが鳴った。メールを受信したらしい。読まなければ、という仕草をすると、フランコはいらだったように小さく悪態をついた。

早く彼に外に出ていってほしかった。そうしなければこの場で泣き崩れてしまいそうだ。

絶対にそんなところを見せたくはなかった。

幸い、これまで散々訓練してきたせいで演じるべき役割を演じることができる。ジアンナは無言で眉を上げた。

フランコは目に怒りをたたえ、表情をこわばらせてドアの方に向かった。

携帯電話のキーを押したジアンナは、信じられない思いでそこに現れたメッセージを見た。


〝写真は気に入った？　気をつけることね〟


署名はないし、アドレスにも覚えがない。

ファムケだろうか。それ以外に誰がこんな不可解なメールを送りつけてくるだろう。

仕事を終えて家に帰る間も、ジアンナの脳裏にはメールの文面がまつわりついていた。

敷地に車を乗り入れたときには、戦うことを心に決めていた。

フランコのベンツはすでにいつもの場所に駐車されている。横に車を停《と》め、彼女は家の中に入っていった。

最初にキッチンに行ってみると、小太りの家政婦が夕食の支度をしていた。

「ただいま、ローザ。今日は何かあった？」

ローザは温かい微笑を浮かべた。「いつもどおりです。あ、小包が届いていますよ。机の上に置いておきました」

「ありがとう」何も注文した覚えはない。フランコからだろうか？　ジアンナはおいしそうな匂《にお》いを吸い込んだ。「この匂いはパスタ・アルフレード？」

ローザがうなずく。「ガーリックトーストとサラダをおつけします」

お礼の印に投げキスの真似《まね》をしてから、ジアンナは二階に向かった。

今日は午後ずっと、なぜファムケが私のメールアドレスを知っているのかと考えつづけていた。私のアドレスを知っているということは、当然フランコのアドレスも知っているはずだ。

大きく深呼吸して寝室のドアを開いたが、中には誰もいなかった。隣のバスルームからシャワーの音がする。

ジアンナはひるまず、そのままつかつかとシャワールームに行ってドアを開けた。

服を脱ぎすてたフランコは、外で見る彼とは別の魅力にあふれている。完璧《かんぺき》なまでに均整の取れた体は力強く、男性的で、危険なほど魅力的だ。

そんな姿を見てしまったら……ジアンナは目を閉じた。再び目を開けると、逆にジアンナを見つめる彼の視線とぶつかった。

フランコが少しも驚いた様子を見せないことが、ますますジアンナをいらだたせた。

「一緒に入りたいのなら服を脱いでおいで」淡々とした口調でフランコが言う。

「そんなつもりはないわ」

湯はまだ大理石の床に叩きつけられていて、シャワーブースには熱気と蒸気がこもっていた。フランコの体を見ていると、平静さはさらに揺らいでいく。

だめ、しっかりするのよ。何を話しに来たかを思いださなければ。

ファムケのことよ。わかっているわね？

ああ、でもここではとてもだめ。これほど至近距離で裸の彼を相手にののしるなんて、とてもできない。

「濡《ぬ》れるよ」

のんびりとした口調で言われて、逆に怒りがかきたてられた。ジアンナは手近にあったシャンプーのボトルをとっさに彼に投げつけた。

次の瞬間、二つのことが同時に起きた。フランコはまず片手でシャンプーをはねのけた。そしてもう一方の手を伸ばして、ジアンナをシャワーブースの中に引き入れた。

「何をするの？」頭から湯を浴びてびしょ濡れになり、ジアンナは思わず悲鳴をあげた。服どころか、靴までずぶ濡れだ。

「喧嘩《けんか》を売るなら公平な場所でやれ」

ジアンナは金切り声をあげながらフランコの胸を叩いた。「死んじゃえばいいんだわ」

自分が着ているスーツを見ると、文句を言わずにはいられない。「このありさまを見て」

「これ以上僕を怒らせるとどうなるか、責任が持てないぞ」

フランコは明らかにこの状況を楽しんでいる。殴りかかろうとしたジアンナの手首は、鋼鉄を思わせる力でつかまれた。

「猫みたいな奥さんだな。よしなさい」ハスキーなフランコの声は、ジアンナを興奮させる魔力を持っていた。

「いやよ」

ジアンナの抗議も反抗も無視して、服が次々にはぎとられる。

裸にされたジアンナは挑戦するように彼の前に立った。「あなたなんか、大嫌い」

「ふうん」フランコはシャンプーを手に取ってジアンナの髪を洗い、シャワーで流し、今度はリンスをかけて巧みにマッサージを始めた。もはやジアンナは、彼にもたれかかることしかできなかった。

私は怒っていたのではなかった？　それなのになぜこうしてぼうっと立っているの？

だってこんなにいい気持ちなんですもの。いけない？

次にフランコは石鹸《せっけん》を手にしてジアンナの体じゅうを泡立てた。首から肩にかけてもみほぐすようにマッサージしてから、シャワーで流してくれた。

それが終わるとジアンナの手に石鹸を握らせた。「さあ、君の番だ」

今度は私が今みたいに奉仕するの？　とんでもない。そんなことをしたらどういう結果になるか、目に見えている。

ジアンナは石鹸を押し戻した。「いいえ、だめ」

「怖いのかい？」顔を上げると黒みを帯びた目が光っていた。

「シャワーの下での行為には興味がないの」

その答えが本心でないことは簡単に証明できる、と彼が言うまでもなかった。キスをして体を抱きよせるだけで、ジアンナが陥落するのは明白だった。

低い笑い声を聞いて、ジアンナはあわててシャワーブースから飛びだした。タオルを体に巻きつけ、もう一枚を濡れた髪にターバンのように巻く。

寝室に戻ったジアンナはスカートと木綿のトップに着替えて、髪は頭頂部でまとめた。化粧水とリップグロスをつけているとフランコが現れた。

ジアンナは無言でハンガーを取り、バスルームに戻ってスーツをかけた。ほかの濡れた衣類はまとめて脱衣籠《かご》に放《ほう》り込む。靴は……うまく乾かして磨けば、また履けるようになるかもしれない。

「買い替えるんだ」

フランコの命令口調には皮肉めいたものが込められていた。ジアンナは彼の方を振りむいた。

「そのときはあなたに請求書をまわすわ」

「もちろん」

フランコはジーンズとポロシャツに着替えていた。裸のときほど危険を感じさせないが、瞳には何かを考えているような光が宿っている。彼がどんな気持ちなのか、想像するのは困難だった。

「僕に何か話があったのか?」

「あなたが野獣に変身して、私をシャワーに引きずり込む前に、という意味?」

あまりにふいを突かれたせいで、今ではジアンナの怒りもずいぶん緩和されていた。だが、それはあくまで一時的なことだった。

「食事の前に話したいかい?　それともあとにする?」

「前がいいわ」

「ファムケのことか」

シニカルな気分になっているため、自然と声が暗くなる。「なぜわかったの?」

「ファムケはなんとしても僕らの邪魔をしたがっている」

「私が知らないことがまだあるのね。話して」

「彼女が一定の線を越えて踏み込んでくるまでは、どうすることもできない」

踏み込んでこないはずがないでしょう。

こうなったらずばりときくしかない。「彼女、あなたの携帯番号やアドレスを知っているの？」

フランコの目がわずかに鋭くなった。「いや、教えていない」

みぞおちのあたりに固いしこりができたような気がした。「それでは答えにならないわ」

「そうだな。知っているらしいよ」

心の痛みが増した。「連絡してきたの？」

「メールも来たし、電話もかかってきた」彼は少し間を空けて続けた。「一度も応じていないが」

「これからはどうなの？」

「もちろん応じるつもりはない」

フランコの言葉を信じていいのだろうか。いや、信じる以外に方法があるだろうか。

「ほかに何かききたいことは？」

ただの疑惑は、証拠にはならない。

「いいえ、特にないわ」

フランコは両手でジアンナの顔をはさみ込んだ。「満足した？」

そんなことをしないで、と言いたかったが、代わりにジアンナは簡潔に答えた。「今のところは」

「じゃあ、夕食にしようか」

そしてファムケが亡霊のように二人の間に立ちはだかっているのを忘れたふりをして、どうでもいい会話を楽しく交わすの？

できるだけの努力はしよう、とジアンナは思った。

パスタはとてもおいしく、上等の赤ワインもすばらしかった。

ジアンナはテーブルの上を片づけ、コーヒーメーカーをセットして、その間に皿を洗った。

「コーヒーは書斎で飲む」フランコが現れてそう言ったので、ジアンナもそうすることにした。

友人から何通かメールが来ていたし、仕事関係の資料も届いているはずだ。それをチェックし、ついでに社交界のイベントのスケジュールも確認しなければ。

書斎のドアを開けて真っ先に目についたのは、デスクの上に置かれた小包だった。ジアンナはコーヒーを置いてそれを手に取ってみた。宛名《あてな》と消印がところどころ消えている。裏を返すと送り主の名もない。

不思議に思いながら包みを開くと、さらに小さな箱が現れた。

ジアンナは眉間《みけん》にしわを寄せた。何かのジョークだろうか。

箱の中からはさらに小さな包みが、それを開けるとまた違う包みが現れた。こんなに小さな箱に入るものといったら……イヤリング？　指輪？

　フランコからでないことは確実だ。彼はこんなふうにプレゼントを贈る人ではない。

　薄紙を開けるとシルクで覆われた箱が出てきた。その中にはベルベットの小さな袋が入っている。空の袋のようだ。

　だが、そうではなかった。よく探ってみると小さな紙切れが入っている。それは結婚指輪の写真だった。その上に斜めに線が引かれている。

　何を意味しているかは明らかだ。

　とっさにジアンナは、この写真をフランコの机に叩きつけて説明を求めようかと思った。でも考えてみれば、それこそファムケが期待している展開に違いない。

　ファムケの目的は私たちの仲をかきまわすことなのよ。挑発に乗ってはいけない。

　いいわ、負けるもんですか。なんとかしてみせる。

　相手が何か行動を起こすのは、それに対する反応を期待するからだ。もし期待どおりの反応が得られなかったら？

　冷静に、落ち着いて、心を乱されないようにすること。私にはそれができるはず。

　ジアンナはそれ以上ためらうことなく、開けた小包をひとまとめにしてごみ箱に放り込んだ。

6

火曜日には何事も起こらなかった。少なくともファムケからの連絡はまったくなかった。次は何をしてくるのだろうと気にしながら一日を過ごすのは、つらかった。夕方になると少しほっとしたものの、これで安心するのはまだ早いとジアンナは自分を戒めた。これは勝負よ。そして、主導権を握っているのはファムケ。

水曜になると緊張はさらに高まった。携帯電話はすべて留守番電話につながるようにセットしておいたが、ファムケからの電話はなかった。

「リラックスするんだ」

ジアンナは顔をのぞき込むフランコに視線を向けた。ベンツはすでに、ブラッドとニッキーが住むエレガントな邸宅前の車道に停《と》まっていた。

「リラックスしているつもりだけど」

とてもそうは見えないが、フランコはそれ以上妻を追及しなかった。二人はウィルソンスミス夫妻に迎えられて、ラウンジに案内された。

「今日はまた一段ときれいよ」ニッキーが言った。「すてきなネックレス。最近のプレゼント?」

ジアンナは自分を奮い立たせた。大丈夫、ちゃんと受け答えできるわ。私はこういう付き合いには慣れているはず。昔からマナーを叩《たた》き込まれ、鍛えられてきたのだもの。「そうなの、ありがとう」ジアンナの笑顔には一点の曇りもなかった。

今日は特に念を入れておしゃれをした。胸元が大きく開いた、レースの飾りがついた黒いドレス。細くて高い踵《かかと》の、黒のハイヒール。時間をかけて化粧をし、髪は優雅にアップでまとめた。最後に鏡で点検したとき、そこに映ったのは、自信にあふれ洗練された女性だった。

見かけというのはここまで人をだませるものだろうか。

慣れた身のこなしでジアンナはフランコに寄り添い、ほかの客に挨拶《あいさつ》をした。会話を交わし、ボーイが運んできたシャルドネを飲む。

社交術に長《た》けたニッキーは、きちんと全員が揃《そろ》ってから客を席につかせた。テーブルには美しい磁器やクリスタル、金のナイフやフォークが並べられている。

そのころにはジアンナの張りつめた神経も、いくぶん和らいでいた。

「そうそう、つい先日……」短い間隔があった。「新聞でお顔を拝見しましたよ」

刺激的な話題を求めるあまり、つい常識を忘れている客がいるらしい。

フランコはどう対応するのだろうか。

心配には及ばなかった。

「面白いものですよ」どうでもよさそうに彼は言った。「マスコミというのは昔のことをほじくり返して勝手な話をこじつけ、今ある話に仕立ててしまうんですから」

「まあ。さぞいやな思いをされたでしょうね」

「ええ、妻には気分の悪い思いをさせました」

ジアンナは夫に手を重ね、温かな微笑を浮かべた。「ダーリン、いいのよ」

フランコがその手を取り、唇に運んでキスをしたときも、彼女は微笑を崩さなかった。手にキスをされたとたん、体じゅうの血が熱くなった。自分でもわからない不思議な気持ちがわいてきて、まわりの人々も、部屋の中のものも、すべてがすっと遠くに消えていく。一瞬のことだったのだろうが、ジアンナにはひどく長い時間に感じられた。

笑い声と人々の話し声で、その魔法が破られた。

今の口づけは、この場をごまかすためだったのだろうか。それとも私の緊張をほぐそうとしたのだろうか。

後者だと思いたかった。

ニッキーが客のために用意していたのは、いろいろな品が少量ずつ出てくるコース料理だった。彼女のディナーパーティは味覚だけでなく、視覚や嗅覚《きゅうかく》を満たすことで知られている。今夜のテーマも、細心の注意を払って選ばれていた。

テーマはタイで、次々に供される見た目も味もすばらしい料理は、集まった客の称賛を浴びている。

美食を味わい、楽しい会話に花を咲かせながら、ディナーは数時間続いた。コーヒーが出て宴《うたげ》が終わったのは、十二時に近かった。

深夜過ぎ、ベンツは暗い道を走りだした。

「ずいぶんおとなしいね」

ジアンナは隣に座っているフランコの横顔を見た。端整な顔立ちが陰りを帯びている。

「話すのはもうたくさんなの」

「疲れた？」

「ええ」その答えをどう解釈しようと、彼の勝手だ。

帰宅後、フランコはすぐに眠ってしまったが、ジアンナは彼の手が伸びてくるのを待って、いつまでも起きていた。

私から誘ったら、彼はどうするだろう。でも、もしも拒まれたらと思うと、とても彼の方に手を伸ばす勇気は出なかった。

翌日、信号を待っている間ジアンナは思った。ファムケが何か仕かけてくると思ったのは考えすぎだったかもしれない、と。だが携帯電話のメールをチェックしたとたん、その考えは間違っていたと気づいた。

〝今のうちにせいぜい彼と楽しくやるといいわ〟

朝からいやなメールを受けとってしまった。すぐさま怒りに任せて返信をしてやりたいが、そんなことをすればファムケの思うつぼだ。

送信時間をチェックすると、昨夜のうちに送られてきていることがわかった。

午後になってまた同じようなメールが来た。ジアンナは小声で淑女にあるまじき言葉を吐いた。

夕方、退社する直前に資料のデータが送られてきたので、夜は家でコンピュータと向かい合って仕事をすることになった。フランコも同様に、国際電話で長時間電話会議に出席していた。

「今日は定時に会社を出るように。ローザには六時に夕食を準備してほしいと伝えておいてくれ」朝食のコーヒーを飲みほしたフランコが、上着を着てブリーフケースを取りあげながら言った。

ジアンナはいぶかしげに夫を見た。

「今夜はミノーチェのところに行く日だよ」

すっかり忘れていたわ！

この数日間はまるで、夜に海上ですれ違うだけの船のような生活だった。お互い仕事が忙しく、それぞれが違う時間に出社、帰宅して、一緒にいたのはベッドに寝ている時間だけだ。

週末が近づいていると思うとジアンナはほっとした。

〈ギャラリー・ミノーチェ〉は複雑な造りをした二階建ての一軒家の中にある、ジアンナのお気に入りの画廊だ。一階の内部は家が建てられた当時の雰囲気を再現するよう、巧妙に改造されている。

ギャラリーの所有者ミノーチェはメルボルンで幅を利かせている有力者で、派手で大胆な性格の女性として知られている。ギャラリーには、招待されない限り入場できず、そこでの売り上げは恵まれない子供たちのためのチャリティに寄付される仕組みになっている。

ギャラリーでのイベントのチケットはそれ自体が寄付でもあるため、驚くほど高額だが、集まるのはこの街の上流社会に属する人たちばかりだ。

どんな趣向のイベントであれ、エレガントでスタイリッシュな会になるのは確かだわ、と考えながら、ジアンナはギャラリーの入り口に立っていた。警備員がチケットを厳重にチェックし、本物かどうか確かめている。ギャラリーの内部、美術品、そして客を守るために、複数の警備員が雇われていた。到着時間も制限され、そのあとは入り口が施錠される。帰りの時間も決められていた。

男性はほとんどがタキシードとブラックタイ、女性は美しいドレスを着て、一様に高価な宝石を身につけている。その宝石を集めるだけでも、優に貧しい国に住む人々の食糧危機を解消できるに違いない。

ほほえみを忘れてはだめよ、とジアンナは自分に言いきかせて、会場に入った。ミノーチェが客を迎えている。

ミノーチェは長身で堂々とした体格だ。袖《そで》のゆったりとした派手なドレスをまとい、重くはないのかと不思議に思うほどたくさんの金の腕輪を両腕につけている。彼女は長い間ミノーチェという名字だけを通り名にしていて、今では誰もが彼女に名前があることを忘れているほどだ。

大富豪であるミノーチェは、結婚はしたもののたった一年で離婚し、今は独りで自由に生きているらしい。

若いころのことはほとんど知られていない。彼女がどのようにして富を得たのかについてはさまざまな憶測が飛び交っていた。

「こんばんは、ジアンナ、フランコ」フランス系の祖先を持つミノーチェには外見にはそぐわない、かすかなフランス語のなまりがある。

何か目的があってわざとそうしているのではないかしら、とジアンナは思っていた。

「来てくださってうれしいわ」

彼女に招待されて断る人がいるだろうか！　取り立てて理由もないのに断ったりしたら、メルボルンの社交界から自らを締めだすも同然なのに。

「さあ、あちらへ。今夜は楽しんでね」

クリスタルのフルート・グラスに満たされた上等のシャンパンと、すばらしくおいしそうなカナッペがふんだんに供される。

制服姿のスタッフが飲み物とカナッペを運んでいる。噂《うわさ》では彼らは列をなして、ミノーチェのパーティ要員として雇われるのを待っているらしい。

裁判官、医師、実業家……由緒ある家柄の資産家も成り金も、富裕な人々がずらりと顔を揃えている。

誰もがそれなりの鑑別眼を持っていて、投資のため、あるいは妻や愛人を喜ばせるために、将来価値が出そうな芸術家の作品を買おうとしているのだ。

プロの写真家の入場も、カメラ撮影も禁止だった。

着飾った女性たちは容貌《ようぼう》を維持するためにかなりの金額を投資しているようだ。誰がいつどんな施術を受けたかという噂話が飛び交い、優秀な整形外科医の名がささやき交わされる。ゴシップを避けるために、海外に在住している医者が人気らしい。

だがジアンナの関心は美術だけだった。

各部屋にカテゴリー別に陳列されている絵画は、アバンギャルドなものからエキゾチックなもの、かなり風変わりなものまでさまざまで、作風も印象派風のものから巨匠を模したものまで、多種多様だ。

大胆で鮮やかなタッチや、繊細で抑えた色彩。それぞれに画家の気風や表現が反映されている。

ミノーチェの鋭い感性が部屋の家具やインテリアにまで影響を及ぼし、そこに並べられている作品の個性が際立っていた。

お金に糸目をつけずにインテリアが選ばれていることは明白だった。繊細な磁器も、美術品も、翡翠《ひすい》細工も本物に違いない。

「気に入ったものはあるかい？」

ジアンナはフランコの声で振りむき、彼を見つめた。「ええ、一つ。モネに似たタッチの絵が……」

「あら、フランコ、ジアンナ」

聞き覚えのある女性の声がした。ジアンナの心の平穏を破らずにおかない声。まさか限られた人しか入れないはずのこのギャラリーに現れるなんて。

「こんばんは、ファムケ」今はとにかく、礼儀正しく接しなければ。

ファムケは今夜は一段と美しかった。体の線がむきだしの、露出度が高いデザイナーものの黒いドレスをまとっている。

ファムケの横にいる人物を見て、なぜ彼女が招かれたのかわかった。ジャーベス・シャンペリエ――ミノーチェの親友の息子で、途方もない大富豪の御曹司だ。

ジアンナは怒りを覚えて内心で歯を食いしばった。

ジャーベスと一緒なら、ファムケはメルボルンのどんなパーティにも自由に出入りできる。お金に不自由しないのだから、ここではなくヨーロッパとかアメリカとか、イギリスの社交界に行けばいいのに。

「ジャーベス」ジアンナは彼の名を口にし、片手にキスを受けた。

ジャーベスとフランコは友人で、仕事上のつながりもある。ここで会ったからには、今夜はずっと彼らと一緒に行動することになるだろう。

それもファムケの策略に違いないわ、とジアンナは考えた。フランコを手に入れるためなら、彼女はどんな手段でもとる気でいるに違いない。

不安との闘いは地獄だった。ジアンナはこのところ眠れない夜を過ごし、そのためにぼんやりして思考能力まで衰えはじめていた。

冗談じゃないわ。フランコは私の夫よ。

今から思うと、フランコの存在は昔からジアンナの心に引っかかっていた。年上で、背が高く、まわりにいる誰よりも男らしかったフランコ。最初はそんな自分の気持ちを、子供っぽいあこがれに近いものだと思っていたが、ある日彼は突然ジアンナの前から姿を消した。ニューヨーク、ロンドン、ミラノとあちこちの都市に滞在し、時々オーストラリアに戻ってきたが、そのたびに違う女性を連れていた。

そんなときだ。ジャンカルロ・カステリ社の運命を変え、二人の人生を変えてしまうあの出来事が起こったのは。

そして、フランコはジアンナの夫になった。彼を奪われないためなら、どんなことでもするつもりだ。

「展示物を見てまわろうか？」

フランコの言葉にファムケが真っ先に応じ、満面の笑みで誘惑するように彼を見た。あからさまにフランコに媚《こ》びているわ。それにしても色気たっぷりだ。あの目で見つめられて動じない男性がいるかしら？

ジアンナは目を閉じ、急いで再び開けた。主導権を握るのよ！

ファムケは愛想よく二人の男性に接している。でもジャーベスは愚かではない。きっとファムケの企《たくら》みに気づいているはずだ。

フランコはどうだろう。ファムケの計略に気づいているだろうか。それとも、彼女と関係を持ったことを思いだしてぼうっとしているのだろうか。

できることならこのままタクシーを拾って帰ってしまいたい。だがそんな失礼な真似《まね》ができるはずはなかった。

それにジアンナにとって、社交的に振る舞い、ほほえみながら会話を交わして楽しんでいるふりをするのは、そう難しいことではなかった。

ジアンナがいつになく陽気なことにフランコは気づいていたかもしれないが、それを顔に出しはしなかった。彼はジアンナの腰に手をまわしたり、背筋を優しくなでたり、彼女の心や考えが読めるかのようにほほえみかけてきたりした。人前、ことにファムケの前では、抗議もできない。

ジアンナはシャンパンは一杯だけにして、そのあとは水を飲んだ。アルコールの力でファムケの存在を忘れたいという誘惑を押し殺す。

だが一時間もするとファムケと一緒にいることが耐えられなくなり、ジアンナは化粧室に逃げ込んだ。

ところが、しばらくして出ようとしたところに、当のファムケが入ってきた。

今度は何を仕かけてくるのだろう。

言い合いになるのだろうか。

思わずヒステリックな笑いがこみあげてきそうになる。ファムケははっきりとした目的を持ってジアンナを追ってきたようだ。敵意をむきだしにした表情が、それを物語っていた。

「何度言ったらわかるのかしら？」

ファムケは最初から核心を突いてきた。だったらこちらも受けて立とうと、ジアンナは腹を決めた。微笑を浮かべて言う。「フランコを譲れと言いたいの？」

ファムケの瞳に異様なきらめきが宿る。「彼はもともと私のものになるはずだったのよ」

「あら、そう？」ジアンナは首をかしげてみせた。「それは変じゃない？　あなたは別の男性と結婚したし、フランコは私と結婚したのよ」

「ばかばかしい。ちっとも現実が見えていないのね。フランコがあなたと結婚したのは愛しているからじゃないわ。わからない？」

ここまで言われたら、舌戦ではすまされない。できることならつかみかかりたかった。

「もちろんわかっているわ。仕事のためだということくらい。でも、彼がベッドであんなにすてきだとは思わなかった。それは意外な役得だったわ」

女優の口元に危険な微笑が浮かんだ。「そうやって勝手に想像していればいいわ」

ジアンナも負けじとほほえみ返す。「勝手な想像だと思いたければ、それこそあなたの勝手だわ」

「せいぜい背後に気をつけて過ごすのね」

その言葉には悪意がこもっていた。

ほかの女性が入ってきたのを機に、ジアンナは化粧室を出た。威厳を崩さず、背筋をぴんと伸ばして。

戻ってみるとフランコは仕事仲間と熱心に話をしている最中だった。何か気配を察したのか、探るようにジアンナの顔を見つめてくる。

戦いの傷跡を探しているのかしら？

そのとき男性の声がした。「いやなことがあったようにはとても見えないよ」振り返るとジャーベスが立っていた。

「興味深い観察ね」言い返したものの、ジャーベスの目には心配そうな表情が浮かんでいた。

「そうかな？」ジャーベスはどんな女性の心も溶かしてしまうようなとびきりの微笑を浮かべた。「一緒に少し見て歩かないか？　どれを買ったらいいか、アドバイスしてほしい」ジアンナのためらいを彼は察したようだ。「ファムケはフランコに標的を絞っている。そしてフランコは、僕の誘惑から君を守ろうとしている」

「本当に？」

「ファムケは気に入らないだろうけどね」瞳がいたずらっぽく光った。「まずは君の勝ちだ」

「そうかしら」

「請け合うよ。僕が間違っていたら、ミノーチェのチャリティに寄付する金額を倍にしてもいい」

ジアンナは笑い、ジャーベスの腕を取った。「しょうがないわね、困った人」

「女性はみんな僕のことをそう言ってほめるよ」

二人は作品を批評しながら部屋から部屋へとまわって歩いた。熱心に意見を交わしていると、ファムケの声がした。「ここにいたのね」

その声を耳にしたとたん、ジアンナは首筋の毛が逆立つような感覚にとらわれた。

「捜していたのよ」

そうでしょうとも。

ジャーベスはモネの作風に似た絵を指さした。「ジアンナに、この絵を買ったらどうかと勧められていたところさ」

「かわいらしい絵ね」ファムケは大げさに片手を振る。「色使いも景色もすてき。特に額縁がいいわ」

かわいらしいですって？　まるで赤ちゃんか動物をほめているみたいだ。画家が筆を動かしているとき、絵は確かに生きているのだろうけれど、完成した作品は生命のない実体になるはずだ。

「プレゼントに最適な絵ね」

ファムケは駆け引きがたいそう上手なことを、ジアンナは認めた。問題はジャーベスがその手に乗るかどうかだ。

「きっと母も気に入ってくれると思うよ」

モネの絵を二枚も所有しているシャンペリエ夫人がこんなものを飾っておくはずはなかった。だとしたらジャーベスの目的はなんだろう。本当に、ミノーチェの慈善事業への寄付だけが目的なのだろうか。

自分はファムケの仕かける罠《わな》にははまらない、と暗に宣言していると考えていいのだろうか。

「ジアンナはその絵が気に入っていてね」フランコの声がした。ジャーベスは振りむいて真っすぐフランコを見つめた。

「奥さんは趣味がいいね」

「ああ」フランコはさりげなくジアンナの肩に腕をまわした。「さて、失礼するよ。帰る時間だ」

ファムケがフランコの上着の襟に手をかけ、そっと縫い目をなぞった。「あら、もう？」

そのとき、時間に正確なミノーチェがベルを鳴らして客を促した。絵を購入したり、寄付をしたりするのなら今からどうぞ、という合図だ。

多額の金が動いた。領収証が発行され、配達先が記入され、警備員が客を玄関から送りだしはじめる。

ほとんどの客がそれを潮に外に出た。ジアンナとフランコもベンツに乗り込んだ。

助手席に腰を下ろすと、ジアンナは急に疲れに襲われた。忙しい一週間だった。明後日まで休めるのがありがたい。

ほっとしてヘッドレストに頭をもたせかけ、目を閉じる。その間にフランコが運転席についた。

雨が少し降りだし、フロントガラスを濡《ぬ》らしている。やがて雨足が激しくなった。

「疲れたかい？」

「少し頭痛がするの」まったくの嘘《うそ》というわけではない。ファムケに会うと必ず気分が悪くなる。

「ファムケが現れたことについて、今は話したくないかい？　あとにする？」

考え込むようなフランコの言葉が、ジアンナをいらだたせた。「運転中はやめましょう。私、あなたに平手打ちをしたくなるかもしれないから」

フランコの目が光るのを見て、ジアンナは本当に彼を殴りたくなったが、そうはせず、ただ黙り込んだ。やがて車はガレージに入り、停止した。

ジアンナはそのままさっさと寝室に上がっていった。すぐあとをフランコが追ってくる。

「ふくれるなよ」

ジアンナは勢いよく振りむいた。「ふくれてなんかいません」

フランコは思った。そうやって怒った顔がどれほど魅力的か、ジアンナは自分でわかっているのだろうか。抱きしめて怒りをなだめてあげたい気持ちが、彼の胸を満たした。

だが今日のジアンナにはどこか危ういものが感じられて、フランコは踏みとどまった。代わりに上着を脱ぎ、シャツのボタンをはずした。

その間、フランコは視線をジアンナから離さなかった。彼女がいっこうに服を脱ぐ気配がないのを見て、彼は眉をひそめた。一気にシャツを脱ぎすて、ズボンのボタンをはずす。

「脱がしてもらうのを待っているのかな?」

「いいえ」

「それは残念」

「今夜は……私に触らないでほしいの」

フランコは動じた様子もなく靴を脱ぎ、靴下を取ってズボンを脱いだ。「わかったよ」

ジアンナはフランコから目をそらした。それでも目に焼きついた彼の姿は、くっきりと脳裏に刻まれて残った。

均整の取れた、彫刻を思わせる完璧《かんぺき》な肉体。褐色の肌。どんな女性でも彼の裸体を見たら気持ちを動かされずにはいられないだろう。ジアンナはなおさらだった。

何よりも、彼の腕に抱かれて安心したかった。肌のぬくもりを感じ、唇を重ね、彼に抱かれたい……。

それなのについ、触らないでほしいなどと言ってしまった。なんてばかなのだろう。心から求めているものを自ら拒むなんて。

ジアンナは乱暴に小さなバッグを放《ほう》りなげ、靴を脱ぎすてた。イヤリングとブレスレットをはずし、ネックレスの留め金に手をかける。

しかし、指が震えてなかなかはずせない。いやだわ、なぜはずれないの？

「僕がやろう」

フランコは易々《やすやす》と留め金をはずし、次にジアンナのドレスのファスナーに手をかけた。シルクシフォンがはらりと床に滑りおちる。

最後に残ったビキニ型のショーツに指がかかり、それも床に落ちた。

「フランコ……」両手が肩に置かれると、嘆願するようなため息がジアンナの唇からもれた。

「しいっ」フランコは首筋のくぼみに唇を当ててジアンナを抱きよせた。唇が重ねられるとジアンナは骨まで溶けてしまいそうになった。

フランコに軽々と抱きあげられ、ベッドに運ばれる。明かりが消された。

フランコの胸に頭をのせ、抱きしめられているのはとても気持ちがよかった。耳元でどくどくと力強い彼の胸の鼓動が聞こえる。ジアンナはフランコの体に腕をまわした。背筋をなでられると、さらに体を寄せずにはいられない。

「眠ろうか?」

ジアンナの目に涙が浮かんでいることを、フランコは知るよしもなかった。

どうして私は自分から彼を誘うことができないのだろう。積極的に彼を喜ばせ、彼が求めるものすべてを与えてあげられたらいいのに。

もしそんなふうにしたら、フランコは私に応《こた》えてくれるだろうか。

ジアンナにはフランコの反応が予測できなかった。拒絶されるのではないかと思うと不安に襲われた。ジアンナは彼が寝入ったあとも、いつまでも起きていた。

7

ジアンナはエステラに最後の仮縫いをしてもらうために午前中に家を出た。ドレスに合わせて買ったヒールの細いきゃしゃな靴は、箱に収められている。今日は帰り際にドレスの余り布をもらって、色合いがぴったりの口紅も揃《そろ》えるつもりだ。

このドレスを着ることになっているチャリティ舞踏会はまだ二週間ほど先だけれど、早めに準備をしておくに越したことはない。

「とてもいいわ」エステラは靴をほめてくれた。「ぴったりよ」彼女は真剣な表情になった。「ジュエリーに関してアドバイスしたことも忘れないで。それから、髪はアップにするのよ」

「ええ、もちろんそうするわ」

「これから買い物に行くのだったら、帰りがけにドレスを取りに来ればいいわ。車に乗せておいたら盗《と》られることだってあるし」

支払いをすませて余り布をもらったジアンナは、思わずエステラを抱きしめた。「ありがとう」

「さあ、いってらっしゃい」照れたのか、エステラはぶっきらぼうに言った。

それからジアンナはネイルサロンに行き、ランチをはさんでエステにも行った。化粧のプロのアドバイスを受け、ドレスにぴったりの色合いの口紅とアイシャドーを念入りに選んでもらう。

家に帰ると五時になっていた。荷物を片づけてからシャワーを浴び、ジーンズとTシャツに着替えてフランコとの夕食の席につく。

「今日は何か成果があったかい？」

「買い物に行ったわ」ジアンナは簡潔に答えた。「買い物は女性に許された最高の罪だというけど」

フランコの笑い声が心に染みわたり、苦しくなる。

「それ以外の君の罪も挙げてみようか？」

ジアンナは考えるふりをして皿の上の食べ物を突ついた。「何かしら？」

「すぐに言えるものもいくつかあるな」

「そうね。まずおいしい食べ物でしょう。ベルギーのチョコレートにシャンパン。食欲以外では、マッサージ、エステ、スパでのくつろいだ時間」ジアンナはそこで少し言葉を切った。「それから……ベッドでのすばらしい行為、かしら」

実はそれが自分の生活でかなり大きな比重を占めている、とはとても言えない。フランコのおかげで、すてきな愛の行為は感覚の饗宴《きょうえん》だということを教えてもらった。彼はどんなときも、ジアンナが十分に堪能《たんのう》したのを見届けてからでなければ自身の喜びを追求しない。

ジアンナは腕時計を見た。「着替える時間だわ」

テーブルの上を片づけて食器も洗浄機にかけ、軽い足どりで二階にあがっていく。

着ていくものはすぐに決まった。黒のシックなパンツと黒いシルクのキャミソールに、金の糸で繊細な刺繍《ししゅう》が施されているベルベットの上着。黒いハイヒールを履き、金のジュエリーをつけてうっすらと化粧を施すと準備はできあがった。

フランコは上着に袖《そで》を通し、ネクタイを直している。ジアンナは小さなハンドバッグを手に持った。

フランコの存在は部屋を制していた。圧倒されるようなオーラだ。彼を見るとジアンナはいつものことだが、息をのまずにいられない。

アルマーニのスーツを着てマリの靴を履いた姿は、どんな男性よりもすてきだ。

そうよ、彼はすばらしい遺伝子に恵まれているのだから。十七歳から七十歳まで、どんな年代の女性でもひきつけられて当然だわ。そう思いながら、ジアンナは車の助手席に乗り込んだ。

街のカジノで行われるシルク・ドゥ・ソレイユの公演チケットは数日の間に売り切れ、ショーの評判は上々だった。

大きな会場は華やかな雰囲気に満ちている。フランコはジアンナの腰に手をまわし、中に導いた。

大切に思ってエスコートしてくれているの？　それとも自分のものだという意思表示？　人前で仲がいいことを誇示したいだけ？

ばかなことは考えないことだわ、とジアンナは自分を叱《しか》った。いちいち分析してもしかたがない。

いったい私はどうしてしまったのだろう。なぜこんなに神経質になっているのかしら。

答えは簡単だった。ファムケのせいだ。

「今夜はずいぶん無口だね」

少し横柄で悠然とした口調が、ジアンナの神経に障った。

「何を言ってほしいの？」ジアンナは夫にほほえみかけた。「すてきな夜ね、とか、きっとすばらしいショーね、とか言えばいいのかしら？」本当はそんなことより、ファムケと会っているのかききたい。

「何か飲むかい？」

それでごまかすつもり？　今シャンパンを飲んだら、しばらくは頭がぼうっとしてしまうだろう。「いいえ、結構よ」

「何か気になることでもあるのか?」

　気になっている相手はいるわ、とジアンナは心の中で答えた。「どうして?」

　彼にはいつだって心を読まれてしまう。緊張して、ジアンナの鼓動は少し速くなった。

「そんなことより、そろそろ席に行きましょう」

　数分後、あたりが暗くなり、幕が開いてショーが始まった。

　そのとき、空いていた隣の席に、遅れてきた客が二人座った。

「こんばんは、ジアンナ」

　ジアンナは目を疑った。「シャネイ?」

「実はフランコの発案なの」シャネイが明かした。

　友人の登場で気分が明るくなり、ジアンナは腰をすえてステージを楽しんだ。

　衣装も照明も鮮やかな色彩で、バランスよく、調和がとれたショーだった。流れるようなすばらしい動き、訓練された演技は、観客の喝采《かっさい》を浴びた。終わるのが残念なほど、魅力的なショーだった。

「どこか静かな場所に移ってゆっくりお酒でも飲みましょうよ」シャネイがジアンナの腕を取った。

「ちょうどトムのお母さんが泊まりに来ているから、今夜は子供たちの面倒をみてもらえるの」

「彼女ははめをはずしたい気分なんだ」トムが言う。

「ね、一時間でいいから。約束するわ」シャネイは伸びあがって夫にキスをした。

「実は、今夜ここのスイートルームを予約してあるんだけどな」

シャネイはジアンナに向き直った。「ごめんなさい、訂正させて」いたずらっぽい微笑を浮かべて続ける。「一杯だけ何か飲みましょう。十分だけ」そう言うと夫を振り返った。

「大好きよ、あなた」

「僕もだよ」

二人が視線を交わすのを見て、ジアンナの心を甘い痛みが貫いた。何物にも変え難い、夫婦の愛情。

自分には得られないものだと思うと、ジアンナの胃はよじれた。だがすぐにそんな気持ちを微笑の下に押し隠した。

四人は近くにバーを見つけて入った。フランコがシャンパンを注文する。グラスに口をつけたとき、シャネイが小声で言った。「あら、あれは……」

「フランコ！　こんなところで会うなんて」

「ファムケだわ」シャネイが言葉をつぐ。

ジアンナはぞっとした。ファムケは私たちの行動をすべて把握しているのだろうか。こんな場所で偶然に会うとはとても思えない。

「友だちと来たのよ」彼女は真っ赤なマニキュアを施した爪で、フランコの上着の襟をなぞった。「ご一緒したいわ」

「誘いはうれしいが――」

「でも断ると言うの？」ファムケは魅惑的なまなざしでフランコを見た。「じゃあ、またの機会にね」彼女は返事を待たずに去っていった。

誘うように腰を揺らしながら十歩ほど歩くと、彼女はタイミングを計ったように足を止めた。振りむいて、肩越しにもう一度フランコに視線を送る。

「迫真の演技ね」

シャネイの静かな皮肉に、ジアンナはわざと目を丸くしてみせた。「演技過剰だわ」

「彼女は魔女よ」

「そして、危険な女性」

「私たち、対策を考えるべきよ」シャネイがきっぱりと言ったので、ジアンナは驚いて眉を上げた。

「私たち？」

「ええ」シャネイが身を乗りだす。「改めて電話するわ」彼女はそう言うと夫の腕を取った。「スイートルームを予約してくれたのでしょう？」

ジアンナはうらやましげな表情にならぬよう気をつけながら、二人が去るのを見送った。

「僕らはカジノで運試しといこう」フランコが言う。

それもいいかもしれない。「オーケー」

明るい照明、人だかり、喧騒《けんそう》。しばらく何もかも忘れて楽しもうと、ジアンナはチップを購入してスロットを始めた。彼女は勝ったり負けたりを繰り返したが、フランコは勝ちつづけた。いつものように。

「もういいのかい？」

フランコが問いかけると同時に、隣にあるルーレットのテーブルで興奮した声があがった。勝者の前にチップの山が押しやられるところだった。

ルーレットに興味をひかれたものの、ジアンナはまず化粧室に行くことにした。「五分ほどで戻るわ」

鏡が並んだ化粧台の前に座り、髪を整えて口紅を塗る。化粧直しを終えて立とうとしたとき、ファムケが現れて横に座った。

ジアンナは何か魂胆があるのではないかと、いやな予感を覚えた。ファムケは青い瞳で鏡の中からジアンナをじろりと見つめた。その表情には微笑のかけらもない。

それなら私も受けて立つわ。深夜の口喧嘩《げんか》をしたいのなら、望むところよ。攻撃は最大の防御だと言うもの。

「何か言いたいことでもあるのかしら？」どうせなら最初からずばりと切り込むほうがいい。

「フランコは私のものよ」

ジアンナは眉をひそめた。「私は過去の女だとでも言うの？」

「そういうこと」

「黙って引きさがるものですか」

ファムケはあわれむようにジアンナを見る。「私はあなたなんか思いもつかないようなことを彼にしてあげられるわ」

なんて下品なのだろう。「あら、そう？」

女優は舌先で自分の歯をなめた。「もちろん」

ここで急所を攻めておかなければ。「体で訴える気？　そんな手段を使わなければ彼の心をつかめないなんて、お気の毒ね」言うなり、ジアンナは立ちあがってドアに向かった。

「嫉妬《しっと》しているの、ダーリン？」

背後からファムケが言ったが、返事をする気にさえなれなかった。

「もう帰りたいかい？」席に戻るとフランコが言った。

ここにいては危ないからさっさと逃げだそうというの？　ジアンナは夫に晴れやかな笑みを向けた。「少しルーレットで遊ばせて」このまま傷ついた兵士のように去っていく姿をファムケに見られるのはしゃくだった。

だが、どうやら運はジアンナに味方してくれないらしい。当たりが出ないので、彼女は参加するのをやめ、一歩下がってゲームを眺めていた。

カジノを出たベンツがトゥーラックをめざして走りだしたのは深夜に近かった。夜気は澄みわたり、深いインディゴブルーの空には明日の晴天を約束するように星が輝いている。

ガレージに車が滑り込むとジアンナはフランコに言った。「すばらしいショーだったわ。それに、トムとシャネイを誘ってくれてありがとう」

「どういたしまして」

二人は一緒に階段を上り、寝室に入った。

ジアンナはヒールを脱ぎすて、ストッキングを脱いだ。続いて上着とキャミソールも脱ぎ、化粧を落とし、最後に髪を留めていたピンを抜きとる。

フランコは服を脱ぎながら、ジアンナが洗練されたイメージを徐々に脱ぎすて、長い髪を振りほどくのをぼんやりと見ていた。

ジアンナは小柄なためきゃしゃではかなげに見えるが、実はそんなイメージとは裏腹のパワーを内に秘めている。見かけと違ってダイナマイトのような女性だ、とフランコは思った。金には不自由しないのだから社交界の蝶《ちょう》にだってなれたのに、代わりに〝会社〟を選び、努力して成功への階段を上がってきた。僕同様、一族の事業を守るために。

過去に関係を持ったことのある女性たちは、フランコを喜ばせようとシルクやレースのナイトドレスをまとい、ときには裸でポーズまで取った。

でもジアンナは違う。ナイトドレスの代わりに着るのは決まって大きめのTシャツだ。だがなぜか、どんなナイトドレスを着るよりもセクシーに見える。

「そのままでいてくれ」

ジアンナは、髪を三つ編みにまとめようとしていた手を止めた。「ほどいたままだと、寝ている間に絡んでしまうわ」

フランコは彼女の背後にまわって手を押さえ、絹を思わせる髪を指先ですいた。熱いものがジアンナの体の奥深いところに生まれ、それが徐々に、波紋となって全身に広がっていく。彼に触れられるときにはいつもそうだけれど、生きているという実感がわいてくる。

フランコは円を描くようにジアンナの頭をマッサージしはじめた。あまりの心地よさに、ジアンナはうめき声をもらしそうになった。こめかみから首筋、肩へと彼の手が移動していく。

彼はジアンナの首筋で髪を束ね、敏感な肩のラインやくぼみに唇を押しつけてきた。シャツがはぎとられ、胸のふくらみに手が伸びる。

フランコをからかい、じらしたくて、ジアンナは体の向きを変えて彼の体をまさぐりはじめた。やがて彼がこらえきれなくなったような声をもらした。

羽根でなでるように肌をそっとなぞっていくと、筋肉がこわばり、波打つのがわかる。

許し合った者の間にだけ存在する喜び。

ジアンナは、今度は彼の胸に唇をはわせた。味わい、感触を歯で確かめる。

左右の胸の先端をもてあそぶと、彼は喉の奥でハスキーな声をもらした。彼女はいたずらっぽく舌先をさらに下に移動させた。引きしまったみぞおちを通り、もっと下へ。

「そこまでだ」フランコはほとんど聞きとれないほどの声でうめくと、ジアンナの体を抱えあげて唇を押しつけた。

ジアンナは反射的に両脚を彼の体に巻きつけてしがみついた。

なんてすばらしいひとときだったのだろう。すべてが終わったあと、ぐったりとフランコの腕の中にもたれて、ジアンナは思い返していた。


サント・ジャンカルロは人好きで、寛大で社交上手なホストだった。アナマリア・カステリが几帳面《きちょうめん》で、なんでも整理されていないと気がすまないたちなのに対し、サントは家の中がそれなりの秩序を保ちながら散らかっているのをむしろ好んだ。もちろん、それは彼の性格を心得た家政婦がいなければかなわないことだったが。

〝家は居心地がよくて清潔で、おいしい食べ物があればいい。それがいちばんだ〟というのがサントの口癖だった。とはいえ、庭や敷地となると別だった。

サントとアナマリアがことあるごとに対立するのも無理はないわ、とサントとともに彼の家の庭を歩きながらジアンナは考えた。唯一共通点があるとしたらガーデニングが好きな点だけだ。

一方、祖父と孫であるフランコはよく似ていた。

ともに企業を象徴する存在であり、成功したいという強い願望がある。外見もよく似ていた。長身で、目鼻立ちのはっきりした顔つき。何物も見落とさないような鋭いまなざし。そして他人の追従を許さぬ、容赦のない厳しさ。

三十年後、フランコは今のサントのようになっているだろうか。

何よりそのとき私は、フランコの隣でその姿を見ているだろうか。それとも用ずみになって、離縁されているだろうか。代わりに彼のそばにはもっと若い妻が寄り添っているだろうか。

「何か考えているね？」

ジアンナはサントを見つめ返した。「考えてはいけません？」

「何を考えているかによるな」

私の心を引き裂こうとしている女性のことを考えている、とは言えなかった。

まして、フランコとの結婚生活をいつまで続けられるのか不安だとはとても打ち明けられない。同感だと言われても困るし、ばかばかしいと一蹴《いっしゅう》されたらどう答えればいいかわからない。

「フランコは君を裏切ったりしない。信じていいよ」

どうしてサントはそんなことを言うのだろう。そんなに心を見透かされてしまっているのだろうか。

「ええ、わかっています」本当に私はわかっているのだろうか？　とてもそうは思えない。

「これで庭を一周したよ」サントは優しく言う。「まだ悩みを打ち明ける気にはならないのかな？」

それほど気持ちが顔に出てしまっているかしら。もっとにこにこして、屈託なく振る舞わないといけない。「なぜ私に悩みがあると？」

「女性の心を読むことにかけては、私だってそれなりの経験を積んでいるからね」

私の悩みがなんだかわかりますか、ときいてみたい気もしたが、そんなことをしたら聞きたくない答えが返ってくるかもしれない。

二人がラウンジに戻ってきたとき、フランコは携帯電話で話をしていた。彼はすぐに電話を切った。ジアンナたちが庭に出てから、これが三件目の電話だった。

フランコはジアンナの態度がおかしいのを感じとった。どこか変だし、妙ににこやかだ。彼は目を細めた。サントがジアンナを動揺させることを言うはずはない。では、なぜだ？

「シルク・ドゥ・ソレイユはどうだった？」家政婦が作ってくれたおいしいパスタを口に運びながら、サントが二人を促すように尋ねた。

「すごくよかったわ」ジアンナはその夜のことを詳しく話して聞かせた。もちろん、ファムケの件はいっさい口にしなかった。

ラウンジでコーヒーを飲んだあと、九時ごろになるとフランコは、そろそろ失礼すると申し出た。

「今夜じゅうに報告書を書かないといけないので」どんなに急いでも一時間はかかるだろうとフランコは予測していた。しかも明日の朝早く、シドニーに発《た》たなければならない。一日じゅう会議だ。火曜には、なんとしてでも成功させたい交渉事がある。うまくいくといいが。

ジアンナがサントの頬にキスをし、フランコは車のエンジンをかけた。

「仕事を終えたら、明日のうちに帰ってくるの？」

大通りに車を乗り入れながら、フランコはジアンナを見やった。「いや、帰れない。問題でも？」

「いいえ、そんなことはないわ」

ジアンナは考えた。ファムケは彼がシドニーに行くのを知っているのだろうか。二人はシドニーで逢引《あいびき》するのだろうか。

そうかもしれない、と思うとどうかなってしまいそうだった。

ジアンナは家に帰るまで無言だった。報告書を書くから、と再度フランコが言ったときにも、うなずいただけだ。

ジアンナはベッドの中で本を広げ、本の世界に入り込んで現実を忘れようとした。ファムケのことを考えなくてもすむように。

だがとても無理だった。どんなに努力してもファムケとフランコが抱き合う姿が脳裏から離れない。

フランコが寝室に入ってきたのは真夜中だった。彼は服を脱ぎ、隣に横たわって妻を抱きよせた。

ジアンナの反応はなかった。彼は妻を起こしたいという誘惑に耐えた。

忙しいのはいいことだわ、と思いながら、ジアンナは次々にかかる電話に応対し、会議に出席した。

だが夜が近づくにつれ、今夜フランコは何をして過ごすのだろうという疑問がつのってきた。仕事相手と食事？　それとも……ファムケとホテルのスイートルームで、二人だけの食事をとるの？

いやだ、これではまるで偏執症《パラノイア》だわ。ファムケがフランコの仕事のスケジュールを知っているはずがないのに。

でも、わからない。たった一週間の間に、彼を追いかけてチャリティ・ディナーに現れ、新聞に写真を載せさせ、土曜の夜にはショーにまで追いかけてきた。しかも私にあんなことを言って……。

ファムケの意図ははっきりしている。わからないのは、フランコがどう対応しているかだ。

ジアンナの携帯電話が鳴った。シャネイからだ。

「今夜一緒に食事をして、映画でもどう？」

「トムは？」

「フランコが出張中だから、あなたに付き合ってあげたら、と言ってくれているの」

ジアンナは友だちのありがたみを実感した。「喜んで。何時にどこにする？」

シャネイとの電話を終えると、ジアンナはローザに電話をかけた。

急に気分が軽くなり、楽しくなった。彼女はいったん家に戻り、シャワーを浴びて着替えて、サウスバンクでシャネイと落ち合った。

「ワインは一杯だけにしておきましょう」

シャネイはそう言いながらメニューを眺め、食事を選んだ。

「さてと、話してくれない？」ウエイターが去ったとたん、シャネイが切りだした。

ジアンナは顔をしかめた。「何を?」

「もちろんファムケのことよ」

「ああ」

「彼女をどうするつもり?」

「さっさといなくなって、と言ってやりたいけど、それ以外に何か?」

シャネイは椅子にもたれかかった。「ああ、よかった。ちょっと心配していたの」

「実は、彼女とフランコは――」

「知っているわ。でもそれは昔の話だし、二人の仲は始まる前にもう終わっていたのよ」

二人はどれくらい付き合っていたのだろう。考えると胸が苦しくなり、いたたまれない。想像力とは残酷なものだ。

「でもファムケは離婚して、また……」

「フランコをねらっている」シャネイはワインを口に含んで考え込んだ。「だけど、彼女に勝ち目はないわ」

「そう思う?」

「当然じゃない。フランコにはあなたがいるのよ」

「シャネイ、あなたには感謝しているし、大好きよ。でもね、私たちの結婚が恋愛をベースに成り立ったものではないことを忘れないで」

「それがなんなの？」

「私はフランコが好きよ。でも彼は……」

「ばかばかしい」

「なぜそう言いきれるの？」

ウエイターが前菜を運んできたので、シャネイは彼が去るまで口をつぐんでいた。

「フランコがあなたを見る目を見たらわかるわ」

ジアンナはグラスの縁越しにシャネイを見た。「性的な欲求は覚えているかもしれないけど」

「見えていないはずはないのに、物事が見えない人っているものよ」

「かもしれない。でも自分の見たいものだけしか目に入らない人もいるわ」

シャネイは両手を広げてみせた。「この話は、今はやめておきましょう」真剣な表情で続ける。「でもこれでおしまいにはしないわ。いい？」

しばらくの間、シャネイは言葉どおりその話題には触れなかった。しかしメイン料理が終わるころには、我慢できなくなったようにまた話を戻した。

「動揺していることをファムケに知られてはだめよ」

「努力はしているつもりよ」

「彼女を見くびってはだめ。したたかなんだから」

「それはよくわかっているわ」

ウエイターが皿を下げ、デザートはいかがいたしますかと尋ねた。

「果物とコーヒーを。ブラックでね」シャネイは腕時計に目を走らせた。「急がないと映画の開演に間に合わないわ」

映画館に入ったときには場内が暗くなりかけていた。映画は軽いコメディーで、俳優も筋立ても会話も申し分なく、二人は大いに笑った。

「コーヒーでもどう?」映画が終わるとシャネイが言った。「あわてて帰ることはないでしょう。トムも、馬車がカボチャに戻るまでは外出していていいと言ってくれたし」

ジアンナはけげんそうに眉を寄せた。

「シンデレラよ。十二時まではいいということ」

そんなたとえもわからなかったのは、ジアンナがいかにファムケに悩まされているかという証拠だった。

コーヒーでも飲んで帰るというのはいい考えに思えた。もちろん、眠れなくなるといけないからカフェイン抜きのコーヒーだが。二人はしゃれた喫茶店に入った。

「みんな考えることは同じね」

店内は混雑していた。すぐにテーブルにつけたのは運がよかったとしか言いようがない。

二人はカフェイン抜きのコーヒーを注文した。

「あなたがするべきなのは、敵に心を許したふりをしてみせることよ。人前でね」

「またその話？」

「ちょっと、私たちは昔からの親友でしょう。私はあなたのいちばんの味方のつもりよ」

「心強いわ。ありがとう」ジアンナは少しからかいまじりに言った。

「やあ、シャネイ、ジアンナ。大好きな女性が二人お揃いとは」

かすかにアクセントのある声には覚えがあった。二人が同時に振り返ると、ジャーベス・シャンペリエが弟のエミールとともに立っていた。ジャーベスは空いている椅子を指さした。

「ほかにテーブルが空いていないんだ。一緒に座らせてもらってもいいかな？」

「もちろんよ」

「今夜は女性同伴ではないの？」二人が注文を終えると、シャネイがからかった。

「仕事で会食さ」ジャーベスは肩をすくめてみせる。「夜の空気を吸って少し散歩して、コーヒーでも飲もうかと思って寄ったんだ」

ジャーベスとエミールはトムとフランコの仕事仲間でもあり、友人でもある。その二人とコーヒーを飲みながら雑談をするのは楽しかった。

だがちょうどテーブルから立とうとしたとき、カメラを持った男が現れ、四人の姿を見てフラッシュをたいた。いいスクープはないかと街をうろついていたパパラッチらしい。

大げさな見出しをつけ、他意のない行動に思ってもみなかった色をつけて新聞に載せるつもりだろうか。

ジャーベスが小さな声で悪態をついた。

「やれやれ、困ったことになりそうだ」

エミールはテーブルに勘定を置いた。

「車はどこに停《と》めたの？」

まずジアンナのＢＭＷのあるところまで行くと、女性二人は抱き合っておやすみを言い、お礼の言葉をささやき合った。ジアンナは数分後、車を走らせて家路についた。

家に戻ったのは深夜を過ぎていた。留守番電話をチェックするとメッセージが二件入っている。どちらもフランコからではなかった。携帯電話にもメッセージは入っていない。

頭の隅に押しやっていた疑惑がまた浮上してきた。その疑惑は起きている間だけではなく、夢にまで忍び込んで彼女を脅かした。

8

これが有名であることの代価というものなのね。新聞を開いたジアンナはシニカルにそう考えながら、ゴシップ欄を眺めた。ゆうべ喫茶店でパパラッチに撮られた写真が、今日のトップ記事になっている。

幸せそうな四人のショット。実際は単なる友人なのに、写真ではひどく親しげに見える。そのうえ読み手の好奇心をあおるような見出しがつけられていた。ジアンナはうんざりして新聞を閉じた。当分このゴシップにいろいろ尾ひれがつけられて、噂《うわさ》の種になるのだろう。

これまでの経験から、容易に予測がつく。

もしかしたらこの新聞のシドニーの地方版にも、同じ記事が載ったかもしれない。私が説明するよりも先にフランコが記事を目にしたら……。

そうだわ、先に電話で知らせておくほうがいい。

そのとき携帯電話が鳴ったので、ジアンナは液晶画面に目を走らせた。相手がシャネイだと知って、電話に出た。

「やっぱり載ったわね」前置きもなくシャネイは言った。「トムが予防策を取るほうがいいって。彼もあとからフランコに電話するわ。今、大丈夫かしら?」

「ごめんなさい、ちょうど出かけようとしているところなの。あとでもう一度こっちから電話するわ」

すぐさまジアンナはフランコの携帯電話に電話した。だが応答したのは留守番センターだった。

シャワーにでも入っているのかしら。朝食? それとも……ファムケとベッドの中?

ばかなことを考えてはだめ、と脳裏で声がした。

だが、一度鮮やかに浮かんだイメージを消し去り、心の中から追いだすのは簡単ではない。

今すべきことに集中するのよ、とジアンナは自戒した。とにかくオフィスに行き、仕事に取りかからなければ。

もう少しでそうできるはずだった。信号待ちの間に携帯電話に送られてきたメールを見るまでは。

〝写真、気に入ったわ。シドニーはいいところよ〟

ご丁寧に、最後に〝ファムケ〟と署名まで入っている。ジアンナは携帯電話を後部座席に放《ほう》りなげ、怒りのこもったうめき声をあげた。なぜこんな時間に彼女はメールを送ってきたの？

フランコがホテルのスイートルームを出て、仕事先へとタクシーに乗り込むのを待っていたのだろうか。それとも彼があの記事を見るのを見届けてこれを送ってよこしたのだろうか。

どちらの光景も、容易に目に浮かんでくる。

一日が台無しになったどころではない。泣いたらいいのか、怒ればいいのか、ヒステリーを起こして八つ当たりすればいいのか、ジアンナは自分でもわからなかった。それほど気持ちが混乱していた。

だが結局はけ口が見つからないまま、ジアンナは仕事に没頭した。フランコに電話をするのはやめた。彼には直接話したいと思ったからだ。

アナマリアからも電話があった。土曜の午前中にお茶に来ないかという誘いだ。

昼食はデスクで野菜サンドをかじり、午後のミーティングでは自分でも意外なほど冷静に仕事をこなした。そうやって意地を張って見かけを保つことが、今のジアンナにできるすべてだった。

気持ちの張りが一気に失われたのは、夕方の渋滞を抜けて家に向かっているときだった。いらだつあまり二度も激しくクラクションを鳴らし、何度か悪態もついた。いつもなら絶対にしないことだ。

フランコのベンツはガレージになかった。がっかりしつつも、彼との対決が延びてうれしくもあった。

食欲はまったくないが、ローザに夕食の献立を指示し、二階に上がってスウェットとトレーナーに着替えた。髪をポニーテールにして別棟のジムに向かう。

体を酷使したら少しは怒りも治まるかもしれない。ジアンナはランニングマシンに乗り、ダンベル運動をし、ローイングマシンを漕《こ》ぎ、サイクリングマシンにまたがった。それが終わるとグローブをつけて汗を飛びちらせながらサンドバッグを叩《たた》いた。

散々体を使って疲れはじめたとき、フランコがジムに入ってきた。彼の姿が視界に飛び込んでくるまで、ジアンナは動きを止めなかった。

フランコも運動着に着替えている。

「そんなにむきになって。何か理由があるのか？」

「あなただと思って叩いているのよ」

彼は手を伸ばして、まだバッグを叩きつづけるジアンナの手をぐっと押しとどめた。

「なぜ？」

ジアンナは夫をにらんだ。「ごまかさないで」

ジアンナのどうしようもないほどの怒りや、その瞳に浮かんだ暗い表情に気づいたのか、彼は握った手に力を込めた。「ジャーベスから電話があって、話は彼から——」

「ジャーベスとは関係がないことよ」

フランコの表情が厳しくなった。「じゃあ、なんのことなんだ?」

「その前に手を放して」

言うとおりにフランコが手を放すと、ジアンナは自由になった手で彼に殴りかかろうとした。彼はすばやく再び彼女の手をつかんで動きを封じる。

「喧嘩《けんか》を売っているのか」

ジアンナは脅しのきいたその言葉を無視した。「そうよ。決まっているじゃない」

ジアンナの背丈はフランコの肩にやっと届くくらいだ。体重はたぶん半分もないだろう。

「喧嘩を売るのならもう少し対等に戦える手段を選ぶんだな」

キックボクシングに替えても不利なのは同じだろう。フランコは技術的にも勝るし、脚も長く、力がある。一度だって蹴《け》ることができないだろう。

いらだちのあまりジアンナは小さくうめいた。怒りに瞳を光らせている彼女の手から、フランコはグローブを抜きとった。

フランコは思った。目で人が殺せるものなら、僕はもう死んでいるな、と。

「私がどこまで耐えられるか試しているつもり？」

一日じゅう、ジアンナはつらい想像に苦しんだ。体を疲れさせることで心の苦しさから逃れようとしたがそれも無駄だった。なんとかして彼にその代償を払わせたかった。

「そんなに腹が立つなら、僕に噛《か》みつけばいい」

「挑発しているのね」

ジアンナは思わずフランコの頬を力いっぱいはたいた。次の瞬間、彼が冷たい怒りを目ににじませるのを見て、ぞっとした。

「二分以内に今やったことの意味を説明しろ」

互いに怒りに駆られた状態で、二人は向かい合った。どこまでこんな泥沼に落ちていくのだろうか。

「一分五十秒だぞ」

私は決して好戦的な人間ではない。それなのに……今はなぜ？

理由は一つ。夫を失いたくないからだ。そして、彼を失うのではないかと本気で恐れているから。

「ジアンナ」その口調に含まれる脅しの響きに背中を押され、ジアンナは口を開いた。

「ファムケがメールを送ってきたのよ。あなたとシドニーで一夜を過ごしたって」

それを見て私がどれほどつらい思いをしたか、あなたにはわかっているの？

「彼女の話を信じたのか?」

信じまいとしてどれほど努力しただろう。ファムケがどんな女性かは知っているつもりだが、あのメールを無視はできなかった。一日たった今も、ジアンナの頭にはメールの文面がまつわりついていた。

「だって……彼女はあなたの昔の恋人で、あなたを取り戻そうとやっきになっているわ。そのためならどんな手段も選ばないと宣言したのよ」ジアンナが精神的にずたずたになろうと知ったことではないと、ファムケは思っているのだ。

「だからって、僕がファムケのものになったと信じるのか?」暗い瞳の奥に怒りがくすぶっていた。「君は大事なことを忘れている」

ジアンナは黙って夫を見つめた。

「ファムケにはファムケの思惑があるだろう……だが、僕は彼女の思いどおりになるつもりはない」

「それなら本人にそう言えばいいじゃない!」

「もちろん言ったよ」

その言葉を信じられるだろうか?　信じるべきだろうか?

「何が起こっても信頼しろと?」

愛されている自信があれば、信頼の問題など関係ない。ただ、ジアンナには愛という言葉を口にすることができなかった。愛を口にすれば、心の奥を彼に見せてしまうことになる。彼との力関係を崩し、不利になりたくない。

「僕が神聖な誓いを破って、君を裏切ると思うのか？」

ジアンナにはわからなかった。

「ファムケが僕を追ってシドニーに来たことも知らなかった」彼の声はまるで、絹の袋に包まれた鋭い刃《やいば》だった。「本当だ。それだけで十分だろう」

フランコはローイングマシンで運動を始めた。ジアンナはたくましい筋肉の動きから視線をそらした。

彼女は逃げるように寝室に戻り、時間をかけてシャワーを浴びてから、ジーンズとトップに着替えて書斎にこもった。

食べ物のことを考えるだけで吐き気がする。ジアンナはラップトップを開けて仕事を始めた。

八時半ごろシャネイが電話をしてきた。「あとで電話してくれる約束だったでしょう？」

そうだ、すっかり忘れていた。「ごめんなさい。一日じゅう忙しかったものだから」実際、電話をするゆとりなどなかった。

「トムが明日の夜、四人で食事をしようって。レストランを予約したわ。詳しいことはフランコに伝えてあるから」

ジアンナはなんとか明るく返事をしようと努めた。「そう、ありがとう」

「あの記事について、誰かに何か言われた？」

「祖母から電話がかかってきたわ。土曜にお茶に来るようにって。きっと何か言われるわ。身辺にはいつも気を配るように、とかね。あなたは？」

「同じく母から連絡があったわ。スキャンダルの種になる行動は慎みなさいって」

ジアンナはシャネイとの通話が終わってからさらに二時間ほど仕事をして、コンピュータを閉じた。

孤独が身に染みた。フランコが現れる気配はない。彼女はベッドに潜り込んで電気を消した。


翌朝、朝食用のテーブルに、フランコが書いたメモが置かれていた。

〝トムとシャネイと六時半に、街で食事〟


事後対応策だ。二組の夫婦でわざと人前で仲良く食事をして、その光景が翌日の新聞に載るように仕組み、それぞれの結婚生活は安泰だと暗にメッセージを送るつもりなのだ。

どうやらそれが今日の食事の目的らしい。

フランコは夕食がいらないことをローザに言ってあるのかしら。

念のためにジアンナはローザへの伝言をメモに残し、キッチンの冷蔵庫に磁石で留めた。


レストランは街でもいちばん高級でおいしいと評判の店だった。わざわざその店を選んだのは、そこが金持ちと有名人が集まることで知られているからだろう。

「こんなことでうまくいくのかしら?」ジアンナはつぶやいた。

シャネイはフルート型のシャンパングラスを持ちあげて無言で乾杯の仕草をし、にっこりと笑った。「結果なんか気にしていてもしょうがないわ。おいしいものを食べて、シャンパンを飲んで、楽しくやりましょうよ」

ジアンナは同意の印に自分のグラスに口をつけた。「そうよね」

シャネイがいたずらっぽく笑う。「どうせだったら、ジャーベスとエミールも呼ぶ?」

「それはやりすぎじゃない?」

「そうかしら」

「おいおい、よせよ」トムが警告する。

「だって、今日は朝からすでに大変な一日だったんですもの。娘が髪を紫色に染めたいって言いだしてね。はやっているらしいのよ。反対したら、意地悪な継母の典型みたいに言われたわ。もともと私は朝が弱いのに、朝食のときからそれだもの。しかも今度は学校から帰ってきた息子が、学校にピアスをしていくのは許可されているなんて言うのよ」

ジアンナは笑いをこらえた。「まあ」

「昨日は友だちが私のことをかわいいと言ったからって、息子がその子を殴ったらしいの。鼻血が出て、息子は罰として居残りよ」

「それはあなたがいけないわ。息子の友だちにかわいいと思われるなんて」

「ちょっと、私たち親友じゃなかった？　聞いてよ。まだ続きがあるの」

「わかったわ。聞いてあげるからどうぞ」

「継母としていちばん罪深いのは、義理の娘よりもサイズが小さい服を着ていることよ」

「このとおり、シャネイは子供に苦労させられて悲しんだり、怒ったりしているんだ」トムが口をはさんだ。「なのに、赤ん坊が欲しいと言ってる」

「私たちの子が欲しいの。自分の子供は別よ」

「ダーリン、どんな赤ん坊も大きくなって、やがて手に負えないティーンエージャーになるんだよ」

「現実は厳しいってことね」

そのあと、トムはフランコと株価の話を始め、女性陣はデザートのメニューを検討した。ジアンナは紅茶だけ頼むことにした。

ウエイターが去ったとき、カメラのフラッシュがたかれるのがわかった。「パパラッチだわ！」

カメラマンはすぐさま彼らに背を向けて去ろうとした。今夜じゅうに記事になりそうな写真を集めるため、あちこちをまわって歩くつもりなのだろう。

「ミッション成功ね」彼がドアの向こうに姿を消すと、シャネイが言った。

四人はしばらくそのまま雑談を続け、長年の友情を確かめ合った。

「またこんなふうに、みんなで食事をしよう」フランコはそう言い、シャネイと別れの抱擁を交わすジアンナの手を取って指を絡ませた。

「今度はランチにしましょうか。近いうちに」

「電話して」

二組の夫婦はそれぞれの車に向かった。もう少し時間がたてば、街は食事を終えてレストランから出てくる人々でにぎわうのだろうが、まだ静かだった。ジアンナはヘッドレストに頭をもたせかけて目を閉じた。

これから二、三日はスケジュールがつまっている。フランコも同様だ。彼は遅くまで仕事をし、早く起きてジムで日課の運動をこなし、国内外問わず頻繁に出張する。ジャンカルロ・カステリ社を支え、他社をしのぐ地位を維持していくために。

新聞記事の件をきかれるに違いないわ。そう思いながら、ジアンナはアナマリアの住む豪邸の車寄せにBMWを滑り込ませた。朝から呼ばれた理由は明白だ。

お茶を飲み、十分か十五分したら、早速お説教が始まるに決まっている。

だが祖母はそれよりも早く本題に入った。悪いことに、横にはあの新聞が置かれている。

「ジアンナ、いったい何を考えていたの？」前置きもなく、アナマリアは例の写真を指さした。

説明がすんなり受け入れられるとは思えなかった。事実があっけないほど単純な場合はなおさらだ。でも真実なのだからきちんと話すしかない。

「シャネイと夕食を食べてから映画を見たの。そのあとでコーヒーを飲みに行ったら、たまたま知り合いに会って、同じテーブルでコーヒーを飲んだの。それだけよ」

「相手は男性でしょう」アナマリアはすぐに切り返してきた。「その結果がこれですよ」

学校の先生にお説教されている生徒のような気分になるのはどうしてだろうか。「偶然そうなっただけで、やましいことは何もなかったわ」

「もちろんそうでしょう」

よかった、それはわかってもらえたみたいだわ。私が家族を心配させるつもりなどないことも。

「でもね、人はそうは見てくれませんよ。この見出しをご覧なさい。憶測を生むわ」祖母は大きくゆっくりと息をついた。「それにメディアが取りあげているあの困った女優の話に、拍車をかけることにもなるわ」

　そのとき小さなノックの音がした。家政婦がお茶を運んできたのだろう。アナマリアは自らお茶を注《つ》いだ。

「だから先にこちらから手を打つのよ。さっさと発表してしまいなさい」

　最悪な方向に話が進んでいく。

「実際にしてもいない妊娠を発表しろと言うの？」つい皮肉っぽい口調になった。祖母が目を細める。

「妊娠できないことを気に病んでいるの？」

　ますます形勢が悪い。「というより、おばあさまがその話ばかりする点を気に病んでいるわ」

　アナマリアは肩をいからせて息を吸い込み、身じろぎもせずに続けた。

「あなたたち……一緒に寝ているの？」

「セックスをしているかってこと？」ジアンナは思わずヒステリックな笑い声をあげた。

「ええ、頻繁に」こうなったらはっきり言ってしまおう。「それに、避妊はしていないわ」

　きちんと化粧を施した祖母の頬が、少し赤くなったように見えた。

「その話は当分しないと約束してもらえる？」ジアンナは静かに祖母に言った。「もううんざりなの」

「わかりましたよ、謝るわ」

アナマリアがわびの言葉を口にするのを、ジアンナは生まれて初めて聞いた。「ありがとう」

9

昼近く、ジアンナは祖母の家を出た。そのあとトゥーラックロードの高級ブティックを何軒かのぞき、健康によさそうなものを選んでランチを食べ、アンティーク家具のオークション会場に出かけた。

年に何度か似たようなオークションが開催されるが、今日のオークションは個人の邸宅を会場にしている。その家に代々伝わった手作りの家具が売りに出されるのだ。

郊外にある会場近くの道路には、ずらりと車が並んでいた。美しい邸内に入ると、ジアンナはほかの参加者に混じって競りにかけられる品物を見てまわった。

どうやら当主が亡くなったため、家族は調度品を売ることにしたらしい。ローズウッドで作られた揃《そろ》いの美しい家具がばらばらにされて売られていくことを思うと、ジアンナは泣きたい気持ちになった。

ばかね、たかが家具でしょう。しょせん魂がない品物よ。自分にそう言いきかせたが、職人の技はすばらしく、いかに愛情を込めて作られたかがわかるものばかりだ。

そのときジアンナは、一つの調度品に目を奪われた。小さな机。表面には象嵌《ぞうがん》細工が施され、脚は優雅な曲線を描いている。完璧《かんぺき》な作りだった。

ジアンナはそっと表面を指先でなでた。滑らかな木の感触がとても心地よい。

「本当にすてきな机よね」

信じられない……ファムケがなぜここに？

これほど行く先々で会うなんて、とても偶然とは思えなかった。

「いっそのこと私の予定表をコピーして差しあげるわ。そうすればいちいち行動を探らなくてもすむでしょうから」

ファムケはぞっとするような視線を投げてきた。「ダーリン、誰があなたの予定なんか知りたいものですか」

「そうだったわ。私はフランコにくっついている邪魔者にすぎなかったわね」

「そのとおりよ」

刺《とげ》を含む短い言葉が返ってきた。いつもどおりだ。

攻撃されてばかりいないで、こちらから何か言ってやってもいいはずだわ。「ところで、お嬢さんはお元気？」

青い瞳が氷のように冷たくなった。「娘はこの件には無関係だわ」

ジアンナは片方の眉を持ちあげてみせた。「そうかしら？」わざとらしく間を置いた。

「娘を置いて地球の反対側に来るくらいだから、さぞ信頼できる人に預けてきたのでしょうね」

「乳母がいるわ」

「気の毒にね。仕事の上でも、個人としても、自分が手に入れたいものだけを追いかけまわす母親を持つと」

「父親だっているわ。親権は彼にもあるもの」

ジアンナは爪を点検するふりをした。「その親権を失う心配はないのかしら？」

「私を脅す気？」

「まさか。ただお話ししているだけよ」

「私の生き方を他人にとやかく言われる筋合いはないわ」

「もちろんよ。でも念のために言っておくけれど、あなたの人生と私の夫は関係ないわ」

「あら、でもフランコはあなたのものでもないわ。一度だってあなたのものじゃなかった……違う？」

その質問に答える気はなかった。ジアンナはくるりと背を向け、黙ってその場から歩き去った。

けれども怒りを忘れるのは容易ではなかった。

オークションは二時半から始まった。次々に値が吊《つ》りあげられ、それぞれの品物がかなり高額で売れていく。

ジアンナが欲しいと思った机にも数人の入札者がいた。だが値が上がるにつれ、一人、二人と人数が減り、やがて一対一の争いになった。ファムケとジアンナの。

この勝負には絶対に勝たなければ……。ジアンナはファムケが値を上げるたびに、さらに高い値をつけた。あまりに値が高くなったので、部屋の中は静まり返り、競売人の声だけが響く。

その場にいる誰もが、二人の女性が単に美術品を争っているだけではないと感づいただろう。ささやきが広がっていく。ジアンナは周囲の声を耳に入れまいと努めた。

そのとき、突然新しい入札者が競りに参加した。聞き慣れた男性の声……。ジアンナははっとしてフランコを見たが、すぐに彼から視線をはずした。

どう考えてもあの机を彼が欲しがるはずはない。じゃあなぜ入札を？　もっと正確に言えば、誰にあげるつもりで入札しているのだろうか。

ジアンナは思いきって大きく値を吊りあげた。すでに机の値段は法外に高くなっている。これは単なる競りではなく、互いに相手に負けたくないと意地になっている女性二人の戦いだった。

これで机は私のものだわ。

だが次の瞬間、フランコが目が飛びでるほどの金額を口にした。部屋じゅうの人がいっせいに驚きの声をもらす。そのあとに続いたのは静けさだった。競りは終了した。

「やったわ、フランコ！」

ファムケは甲高い声をあげてフランコにぎゅっと抱きついた。そればかりか彼の両頬にキスをしようとさえした。

だがフランコはすばやく身をかわし、ジアンナに近づいてきてその手を痛いほど強く握った。

ジアンナは振りほどきたい衝動をなんとか抑え、代わりに彼の手に爪を立てて無言で抗議した。だがフランコはジアンナの指に指を絡ませ、動きを封じた。

ファムケは二人の絆《きずな》の強さを見せられても立ち去りはせず、それどころかフランコの腕に腕を絡めた。

二人の女性にはさまれたフランコ……一人は妻で、もう一人はかつての恋人。こんなところを写真に撮られたらと思うと、ジアンナは気が気ではなかった。

ファムケはそれをねらっているのだろうか。

それとも妄想に駆られて少しおかしくなっているのだろうか。

とにかく今は無理にでも微笑を浮かべていよう。でなければ、どんな噂《うわさ》を流されるかわかったものではない。

フランコがファムケの手を払いのけても、ジアンナの心に渦巻く怒りは消えなかった。

みんなに妙な憶測をされる前にこの場から立ち去りたかったが、身についた社交界のマナーが、そうすることを許さなかった。でも、家に帰ったら、フランコを徹底的に追及しよう。

フランコはジアンナの手首の内側をそっと親指でなでた。もしそんな仕草でジアンナの怒りをなだめられると思っているなら、見当違いもいいところだ。

オークションはまだ続いていた。フランコはさらにソファ・テーブルを競りおとした。ファムケもその競りに参加していたが、わざとらしく眉を上げてフランコに勝利を譲り、気をひくようにほほえんでみせた。

フランコが無反応でも、ファムケは気にしていないようだ。

「支払いと配送の手続きをしてくるよ」オークションが終わるとフランコが言った。ジアンナは彼にほほえみかけた。

「じゃあ、私は先に帰るわ」

「時間はかからない。待っていてくれ」

忠実な妻の役を演じろというの？　ここでファムケがあからさまに彼を誘うのをじっと見ていろと？　そんなこと、とても耐えられない。

ジアンナは無言のまま微笑を浮かべていたが、フランコが手続きを始めるのを見届けると黙って外に出た。

ＢＭＷのエンジンをかけ、サウスバンクに向けて車を走らせる。川に面した喫茶店でカフェラテでも飲んで時間をつぶそう。このまま家には帰りたくない。

喫茶店の駐車場に車を停《と》めようとしているとき、携帯電話のブザーが鳴り着信を告げた。

ジアンナは無視した。

液晶画面をチェックしてみる。思ったとおり、フランコからだ。

メールでも送るべきかもしれないが、そんな気にはなれなかった。少しはこらしめなければ。

川を見ながら外のテラスでコーヒーを飲んでいるとまた電話が鳴った。ジアンナは留守番電話のボタンを押した。

十分後、今度はメールが届いた。

〝居場所を教えるんだ。Ｆ〟

教えるものですか。

ジアンナは街の風景を見つめた。行き交う車から、遊歩道を歩く人々に視線を移す。

若いカップルやグループ。土曜の夕方なので人出は多い。そぞろ歩きを楽しんだあとに食事をしたり、映画や劇を見たり、バーをはしごしてからパーティに出かけたりするのだろう。

ジアンナが食事を注文するのを催促するかのように、ウエイターが近くをうろうろしている。彼女は軽い食事とミネラルウォーターを注文した。

午後のことを思いだすと、まるで今も目の前にいるかのように、ファムケの存在が脳裏によみがえる。

フランコもファムケが何を企《たくら》んでいるか、わかっているはずだ。

ビジネスの世界では、彼は容赦のない戦略家として知られている。でも女性に関してはどうだろうか。しかも相手が過去に関係を持ったことがある女性なら……。

ウエイターがミネラルウォーターの瓶を持ってきてグラスに注《つ》いだ。グラスを持つ自分の手が震えているのに気づいて、ジアンナは小さく舌打ちした。

周囲の物音が耳に入ってくる。音楽。通行人が交わす会話。興奮した子供の甲高い声。車のエンジン音と、時折聞こえるクラクション。

夜が近づくにつれて川から吹く風が冷たくなってきた。ウエイターがテーブルのランプに火を灯《とも》しはじめる。すぐに食事が運ばれてきた。

美しく盛りつけられた料理は食欲をそそる。ジアンナはおいしそうな香りを吸い込んでから、フォークで口に運んだ。

けれどもほんの数口食べただけで食べる気を失い、皿を押しやってしまった。それに気づいたウエイターが近づいてきた。
「何かご不満でもありましたでしょうか?」
「いいえ。ただ、あまりおなかがすいていないの」
「ではお下げしましょうか。コーヒーはいかがです?」
温かいものでも飲もうかしら。「じゃあ、紅茶をお願いするわ」
また携帯電話が鳴ったが、ジアンナはすぐに留守番電話に切り替えた。数分後、今度はメールが送られてきた。当然、フランコからだ。

〝お願いだから返事をくれ〟

お願い、という言葉に心を動かされて、ジアンナは返信した。

〝もうすぐ帰ります。G〟

またすぐに返事がきた。

〝話し相手になろうか〟

〝いいえ〟

まだフランコと顔を合わせる気にはなれなかった。

いつまでもぼんやりしていてもしかたない。そこでジアンナは映画を見ることにした。夜の街を一人でうろつくのは危ないので、車に乗り込み、駐車場があるシネマコンプレックスに行った。コメディーを選んで入り、映画の世界に没頭して現実を忘れようとした。

だが結局無駄だった。帰宅し、ガレージに車を乗り入れたときは、十一時近かった。

フランコが眠っていますように、とジアンナは祈るような気持ちでいた。しかしそうはいかなかった。彼はズボンの両ポケットに手を突っ込んで、玄関でジアンナを待ち受けていた。

彼らしくもなく、身なりに気をつかっていないのがわかる。ネクタイこそ取っているものの午後に着ていた服のままだし、シャツのボタンをだらしなくはずし、袖《そで》をたくしあげている。髪も乱れていた。

私のことを心配していたの？　それとも、抑えていた怒りを今から爆発させるのかしら。

「説明してもらいたいな」

さりげない口調に怒りが込められているのがわかる。じっと見つめられて、ジアンナは無意識のうちに体を硬くした。

　きちんと向き合うしかない。「サウスバンクで食事をして映画を見てきたわ」ジアンナは夫の視線を真っすぐに受けとめた。「一人で考えたかったの」

「電話くらい出てもよかっただろう」

「返事はしたわ、最後には」ジアンナはフランコの横をすり抜けて二階に上がろうとした。

「おやすみなさい」

「二度とこんなことはするな」

　ジアンナは振りむいて彼をにらんだ。「もし、したら？」

「いいかげんにしろ」口調は物柔らかだが、ジアンナは背筋がぞっとした。

「同じ言葉をあなたにも返したいわ」

　ジアンナは夫をにらみつけた。張りつめた緊張が二人の間に走った。

　フランコは思った。彼女は複雑な女性だ。強いのに、妙に繊細なところもある。こんなに僕の気持ちを揺さぶり、苦しい気持ちにさせる女性はほかにいない。

　一方、ジアンナはただひたすらフランコを見つめていた。視線が形のいい唇で止まる。その唇でキスをされたときのうっとりする気持ちを思いだしそうになり、ジアンナは自分を戒めて、挑むようにつんと頭を上げた。

「今は口喧嘩《げんか》をする気分じゃないわ」

フランコは無言だった。その沈黙はどんな言葉よりも雄弁に彼の心情を物語っていた。

一瞬、勝利感に酔ったジアンナだったが、服を脱ぎ、寝る支度をしているうちにそんな気持ちもしぼんでしまった。

熱いシャワーを浴びても緊張は解けない。寝室に戻るとフランコの姿はなかった。ほっとしているのか、いらだっているのか、自分でもよくわからない。

ジアンナはベッドに身を横たえ、サイドテーブルの明かりを消した。ようやく眠りが訪れるまで、彼女は目を開けたまま天井を見つめつづけていた。

10

月曜日はすることなすことうまくいかなかった。水星が異常な動きでもしているのだろうか、それともいたずらな妖精《ようせい》、グレムリンに意地悪をされているのだろうか。

その両方かもしれないと、ジアンナは皮肉っぽく思った。ドライヤーが故障して冷風しか出ないし、はいたばかりのストッキングは伝線する。しかもはき替えようとしたら二足目にも爪を引っかけてしまった。朝食をとる時間がなくなったので、会社で食べるつもりで冷蔵庫からバナナとヨーグルトを出し、渋滞にいらだちながら、やっと会社にたどりついた。

そのあとも、午前中に入っていた会議が押して同じ時間に二つが重なってしまい、アシスタントがわびてまわる羽目になった。ジアンナ自身も謝らなければならなかった。

アシスタントに注文してもらったランチを、会議や電話の合間になんとか少し食べた。三時ごろになるとやっと一段落し、ジアンナはラップトップにデータを入力しはじめた。うまくいけば五時までには終わるかもしれない。

オフィスを出ようとしたとき、フランコから携帯電話にメールが入ってきた。

〝仕事で人に会う。夕食は先にすませてくれ〟

それ自体はどういう内容ではなかったが、トゥーラックロードで信号待ちをしていたときにかかってきた電話には気持ちが乱された。

「今夜は彼を待たないで」忘れられない女性の声がそう言い、続いて小さな笑い声が聞こえた。「今夜は遅くまで帰さないから」そして電話は切れた。

ファムケだ。

二つのメッセージがどうつながるかは明白だ。でも本当にそうだろうか。もしかしたら彼女は私たちの仲を裂こうと画策しているだけかもしれない。

フランコに電話をかけて確かめてみようか。そう思ったとたんに信号が変わって車が動きだした。電話をするのは家に帰ってからにしよう。

だが帰宅後にかけてみると、フランコの携帯電話は留守番電話になっていた。ジアンナは一瞬ためらった。メッセージを残すべきか、このまま切ってしまうべきか。

やはりこのまま切ろう。ジアンナは心の痛みを無視しようと努めた。

フランコがファムケと食事をしているのではないかと思うと、胃がよじれた。二人がワインを飲み、食事をしている光景が目に浮かぶ。交わされる意味ありげな視線、期待に満ちた表情……想像するだけで心が引き裂かれそうだった。

それでもするべきことはしなければならない。「ただいま」ジアンナはキッチンにいるローザに声をかけ、フランコは外で食事をしてくると告げた。

少なくともそこまでは事実だ。

「今夜の分の食事は持って帰って、エンリコと食べてちょうだい」

「でも奥さまは? ちゃんと召しあがらないと」ローザは心配そうにきいた。

食事のことを考えただけでも胸がむかむかする。「今日はお昼にたくさん食べたから」食欲がない理由を言いたくないので、嘘《うそ》をついた。「あとで自分で何か軽いものを作るわ。さあ、もう帰って」

ローザは疑っているようだ。「本当によろしいんですか?」

「もちろんよ」

ローザが帰宅したあと、ジアンナは何かをして気分を変える必要があると悟った。シャワーを浴びて着替え、テレビでも見よう。

だがテレビの前に座っても少しも集中して見られない。彼女は檻《おり》に入れられた動物さながらに落ち着きなく部屋の中をうろつき、時計をにらんでいらいらしながら緊張と闘った。勝手にふくらんでいく想像をなんとか押しとどめようと努める。

誰かと話したかった。とはいえ、誰に電話をしたらいいのだろうか。シャネイ？　でも彼女は、今夜はトムと出かけているはず。

まるで生きる屍《しかばね》になった気分だ。

そのとき、ふと思いついた。スタジオにこもって絵を描《か》いてみよう。

広くて開放感のあるスタジオは母屋とガレージを結ぶ場所にあり、必要なものはすべて揃《そろ》っている。絵を描くことはジアンナが情熱を傾けられる趣味であり、同時に感情をキャンバスにぶつけてストレスを解消する手段でもあった。

ジアンナは着古したジーンズとシャツに着替えて古いトレーナーをまとい、携帯電話とミネラルウォーターの瓶を持ってスタジオに入った。

スタジオには雰囲気作りのためのＣＤも置いてある。気持ちが落ち着く静かな音楽からパヴァロッティのオペラ、ハードロックまで、気分に合わせて聴けるようにさまざまな種類が用意されていた。

今夜は元気が出る音楽が聴きたかった。何もかも忘れさせてくれるような激しい音楽を、大音量で聴きたい。

ジアンナは真っ白なキャンバスの前に座ると、絵の具を選んでから筆を取った。赤、黒、オレンジ……徐々に抽象画が姿を現してきた。

大胆なタッチの抽象画はジアンナの怒りと不満を代弁していた。心理学者が見たらすぐさま彼女の気持ちを分析しただろう。

でもジアンナにとっては、そんなことはどうでもよかった。一心に絵を描くことで気分が晴れ、ジアンナは時間さえも忘れた。

そのため、フランコが入ってきてジアンナの動作や筆遣いをじっと見ていることなど、気づくはずがなかった。妻がいかに集中しているか、フランコは感じとった。それまでのどんな絵とも違って激しく鮮やかな絵は、彼女の心の状態を映しだしていた。

音楽がクライマックスに向けて音量を増していく。テナーの声がスタジオ内に響きわたった。

フランコはCDプレーヤーに近づいて音量を絞った。ジアンナはやっと手を止め、筆をキャンバスから離して振りむいた。そして夫を見つめた。

フランコは上着を脱いで片方の肩にかけている。ネクタイをゆるめ、シャツのボタンもいくつかはずしていた。

もしかしたらファムケがはずしたのだろうか。

でも女性を抱いてきたようには見えない。それならもっと違う表情をしているはず。

ジアンナの喉元に苦い笑いがこみあげた。そんなことが本当に私にわかるの？

「興味深い作品だね」

ジアンナは少しの間フランコの言葉を無視していたが、やがて尋ねた。「そう思う？」

　フランコはつかつかと近づいてきてキャンバスの横に立った。「十一時だというのにスタジオにこもって絵を描いているのには、理由があるはずだ」

　ジアンナは目を見開いてちらりと彼を見た。「ベッドに横たわって、あなたが帰ってくるのを待ち構えていてほしかった？」

　彼は目を細めた。「会議が長引いたんだ」

「あら、そう」

「何か不満でも？」

「その会議、というのは」皮肉っぽい口調で続ける。「レストランであったの？」

「メニューまで教えてもらいたいかい？」

　ジアンナは目を閉じ、また開いた。「あなたが教えなくても、ファムケが大喜びで教えてくれるわ」

「僕と一緒だと彼女が言ったのか？」

　穏やかな口調だけに、ジアンナは背筋が寒くなるのを覚えた。だが、あえてその感覚を無視した。

「そのとおりよ」ほかの男性だったらすくみあがるに違いない鋭い視線を、ジアンナは夫に投げかけた。

　だがフランコは動じるふうもなく上着を近くの椅子にかけた。「今度もまた、僕よりも彼女が言うことを信じるのか？」

滑らかながら刺《とげ》を感じさせる言い方だ。ジアンナはできる限り背伸びをして夫に向かい合った。どんなにがんばっても彼の身長には及ばないが、彼女はひるまなかった。

「あなたがメールを送ってきてからすぐに、ファムケが電話してきたわ」

「だからといって勝手に僕らを結びつけるのか。無茶苦茶だ。二足す二は十だと言うようなものだ」

「あなたに電話をかけてみたわ」

「留守番電話になっていた。仕事相手と厄介《デリケート》な交渉をするときにはいつもそうしている」

デリケート、という言葉でジアンナの堪忍袋の緒が切れた。彼女は筆を、続いて青い絵の具の瓶を夫に向かって投げつけた。

瓶はフランコの胸元にぶつかり、青い絵の具がシャツを汚した。そのままタイル張りの床に落ちた瓶は、半円を描きながら動きを止めた。

フランコは小さく悪態をついてシャツを脱ぎ、丸めて屑籠《くずかご》に放《ほう》り込んだ。無言でジアンナに近づくと、軽々と肩に抱えあげ、そのままスタジオを出る。

「下ろして！」ジアンナはこぶしでフランコの背中を叩《たた》いたが、彼は動じなかった。「何をするつもり？」

「君をベッドに連れていこうとしているんだ」

「いやよ！」

「僕らの意見が一致するのはベッドの中だけだからね」

玄関ホールに入り、階段を上がる。彼は腹立たしいほどに軽々とジアンナを抱え、歩きつづけた。

「やめてったら」蹴《け》ろうとしても足が届かない。「すぐに下ろさないと……」

「どうする？　僕を殴るのか？」

「もっとひどいことだってできるわ」いくつかの選択肢がジアンナの頭に浮かんだ。

寝室に入るとフランコはそのままジアンナをバスルームに運び、両手首を押さえ込んだ。自分の服を脱ぎすて、ジアンナのTシャツに手をかける。

「いや、やめて！」

フランコは一気にTシャツを脱がし、床に落とした。ブラジャーは始めからつけていない。ジーンズに手をかけたフランコをジアンナはにらみつけた。

「暴力に訴えるなんて、最低だわ」ジアンナの怒りは頂点に達していた。瞳には炎が揺らめいている。

「つべこべ言うな」

ジーンズに続いて下着も脱がされたジアンナは、無我夢中でフランコに噛《か》みついた。どこであろうとかまわなかった。

彼は激しいののしりの言葉を吐くと、怒りをぶつけるように唇を荒々しく重ねてきた。片手がジアンナの首筋を押さえ、反対の手が腰にまわされた。

フランコは容赦なくジアンナを奪った。やめさせようと両手で激しく肩を叩いたが無駄だった。

初めての経験だった。

息ができず、何も考えられない。喉の奥からもれるうめき声が、いつしかすすり泣きに変わった。

フランコが頭を上げるまでにとても長い時間が経過したように思えた。腫《は》れあがったジアンナの唇を見て、フランコは一瞬目を閉じた。

「なんてことだ《マドレ・デ・ディオス》」自己嫌悪に襲われたかのように、彼はかすれた声でつぶやいた。

フランコの瞳はほとんど黒に近い色合いを帯びていた。両手が伸びてきてジアンナの顔をはさむ。彼女は思わず息をのんだ。

あまりに乱暴に唇をむさぼられたせいで顎が痛い。激しい後悔がフランコの表情に浮かんでいるのを見ながら、彼女はその場に立ちつくしていた。

心の中で小さな声がささやく。あなたは一度彼に挑みたかったのでしょう? いつも自制がきき、乱れたところを見せない彼の気持ちを試したかった。虎《とら》を檻から出してみたかった……。

そして、それをやり遂げたのよ。

ジアンナは大きく息をついて乱れた呼吸を整えた。「お願いだから……放して」

フランコは両手の親指をジアンナの頬に滑らせた。「いやだ。何があっても一生離さない」

言うべき言葉が見つからなかった。額に唇を押しつけられると、ジアンナの唇は小刻みに震えた。やがて額にあった唇が下に下りて、今度はジアンナの唇を覆った。あまりにも優しい口づけに、ジアンナは泣きたくなった。

フランコは少し顔を離し、黒々と光る瞳でジアンナの顔をのぞき込んだ。「心配ならランハムホテルの〈アラカルト〉というレストランに電話をしてみればいい。支配人に尋ねたら、僕が男性の客と一緒に六時半からつい三十分前までいたことを証明してくれるよ」

ではファムケは、嘘を紡ぎだして私たちの関係を乱そうとしているのね。

ジアンナは急に、二人とも裸でいることを意識した。彼を押しのけて服をかき集め、近くにあったガウンを羽織り、ドアに向かう。「私、今夜は違う部屋で寝ますから」

「だめだ」

「止めても無駄よ」

真実でないことは百も承知だった。フランコなら簡単に止められるだろう。

「でも、あなたは止めないでしょう？」フランコの表情を読んで、ジアンナは静かに言った。思いっきりドアを叩きつけて閉めたい衝動をやっとこらえる。

整えられているベッドがあるかどうか疑わしかったので、ジアンナはシーツや毛布を持ち、階段を隔てた反対側の翼に向かった。

ジアンナは何度も寝返りを打ちながら思った。主義を貫くにはこんなにも大きな代価が必要なのね、と。

とても眠れそうにないと思っていたのに、知らないうちにまどろんでいたらしい。気がつくと朝だった。しかもジアンナはフランコと共有しているいつものベッドに一人で寝ていた。

どうして？

ジアンナの胸に次々と疑問がわいてきた。私はどうやってここに運ばれたのだろう。ゆうべは彼と愛を交わしたのだろうか。

でも、もし交わしたのなら、わかるはず……。

ジアンナは前夜の出来事を思い返した。絵を描いていたこと、スタジオでの口論、それから寝室で……。すべての記憶が鮮やかによみがえる。同時に不安もよみがえってきた。

フランコが言ったことは本当だろうか。

どうしても確かめたい。

そこでジアンナはふいに、はっと気づいた。大変、今は何時かしら？　時計を見るとうめき声が出た。あわててシャワーを浴びて服を着る。冷蔵庫の中の果物をつかみ、ガレージに急いだ。

午前中は電話の応対に追われた。近くの喫茶店で昼食をとり、オフィスに戻る。午後はこれから予定しているキャンペーンの内容を考えるつもりだった。

視覚に直接訴えかけるものにしよう、というのがジアンナが出した結論だった。シンプルで強烈な宣伝にして、メッセージをずばりと伝えるようなコピーをつけよう。

ジアンナはコンピュータの前に座って画像に目を通し、それをさまざまに組み合わせて、なんとか気に入るものを仕あげた。

ちょうどそのとき携帯電話が鳴った。ジアンナは誰からかかったかも確認せずに、無意識に応答した。

「ダーリン、私よ。ファムケ」

なんてずうずうしいのだろう。

当然、愛想よく応対する気にはなれない。ジアンナは一言ぶっきらぼうに言った。「はい」

「フランコと連絡が取れないの」

ジアンナが黙っていると、ファムケは続けた。「机をありがとうと伝えておいて。とてもすてきだわって」そして電話を切った。

ジアンナは携帯電話を壁に投げつけたい気持ちに駆られた。

だがそうする代わりにランハムホテルの電話番号を調べ、レストランの支配人を呼びだした。彼はためらうことなく、前夜フランコが男性と二人で訪れたと教えてくれた。領収証のコピーを見て、フランコがレストランを出たのは十時二十五分だということも。

ファムケの嘘が暴かれはじめた。

机をもらったというのも嘘かもしれない。

六時ごろ、ジアンナは帰宅した。フランコのベンツはまだガレージにない。今日はブリスベーンに行ったはずだから、帰りは遅いフライトなのだろう。

キッチンに行くとローストチキンの香りが漂っていた。急に空腹感が襲ってくる。「ローザ、ただいま。フランコは帰りが遅くなるみたい。三十分でシャワーを浴びて着替えてくるわ」

ローザがにっこりした。「お荷物が届いています。書斎に入れておきましたから」

「ありがとう」また荷物？　今度は誰から？　それにどうして書斎に運んだのだろうか。

緊張に胃がよじれる思いで、階段を上がる。ファムケが性懲りもなく何か送りつけてきたのかしら。

どきどきしながら彼女は書斎のドアを開けた。

そして、ぽかんと口を開け、また閉じた。

目の前には、フランコが法外な値段で競りおとした、あのアンティークの机が置かれていた。

ジアンナは笑いたいのか泣きたいのかわからなくなった。もしかしたらその両方かもしれない。ジアンナはしばしその場に立ちつくして状況をのみ込もうとした。机に近づき、象嵌《ぞうがん》細工が施された表面をなでたり、小さな引き出しを開け閉めしたりしてみる。引き出しには飾り房つきの鍵《かぎ》がついていた。

彼は、私がどれほどこの机を手に入れたかったか知っていたのだ。この机が欲しかったのは、金銭的な価値を見いだしたからではない。ただ、すばらしい職人技に魅せられたからだ。

喜びがこみあげ、ジアンナの全身を包んだ。魂の底まで幸せな気持ちが染み入ってくる。ファムケがいくら画策を繰り返そうと、私たちの邪魔はできないと、これで信じられる。もしかしたら最初から、フランコは彼女など相手にしていなかったのかもしれない。ファムケの妄想にすぎないの？　それとも私たちの仲に割って入ろうとした？　私たちの結婚生活を破綻《はたん》させられると思ったのだろうか。自分を振ったフランコへの復讐《ふくしゅう》のため？

ジアンナは受話器を取り、フランコの携帯電話の番号を押した。呼びだし音が鳴って彼が出た。

「ジアンナ?」

フランコの声を聞いただけで体が熱くなり、鼓動が速くなった。「ありがとう」

「なんのことだ?」

「机よ」

「ああ、届いたのか」

謝るなら今だわ……ジアンナはぎゅっと受話器を握りしめた。「謝りたいの」その一言を言うのがどれほど大変だったか、彼は気づいているだろうか。

「ランハムホテルに電話したんだね」

「ええ」

「これから飛行機に乗るよ」

「わかったわ」

受話器越しに低い笑い声が聞こえた。「今日は起きて僕を待っていてほしいな」

返事をする前に電話は切られた。

急に世界が明るく開けたような気がして、ジアンナは歌を口ずさみながらシャワーを浴びた。ジーンズとクロップトップに着替えて階下に下りると、ローザが作っておいてくれた食事をテラスに運んだ。

暮れかけた空は乳白色を帯びて輝いている。じきに太陽が沈み、大気はさまざまな色合いを帯びながら影に包まれ、暗くなっていくのだろう。

そのころには街灯が遠くで小さく光り、ビルがネオンで彩られていくはずだ。あたりは静かだった。あとわずかになった昼の光が夜の闇《やみ》に場所を譲る前に、音にならないため息をついているかのようだ。

夜が来たら、昼には見られない光景が繰り広げられる。人々は食事をしたり、パーティに出かけたり、晴れやかで活気に満ちたひとときを過ごす。その一方、怖くてとても近づけない街の一角でおぞましい企《たくら》みを進める人たちもいるのだろう。

一人静かに座って夕暮れの静けさを一心に受けとめるのは心地よいものだった。フランコは今、メルボルンに向かう飛行機の中にいるはず。二時間もすれば帰ってくるだろう。期待がふくらんできた。心をときめかす熱い感覚が、螺旋《らせん》のように下腹部からわき起こり、だんだんと体全体を包んでいく。

フランコが私に愛情を持ってくれているなんてことがありえるかしら。彼が私を愛してくれている可能性はある？

絶壁の縁に立っている気分だった。最後の一歩を踏みだして落ちたときに、下にフランコがいて受けとめてくれなかったらどうしよう……。

さまざまな思いがせめぎ合う。

だんだん暗くなってきたのでジアンナは中に入り、テラスのドアに鍵をかけた。食べおわった皿をキッチンに下げてから二階に上がる。

まだメールをチェックしていないし、マーケティングの戦略をもう少し練ってみよう。

やがて戻ってきたフランコが目にしたのは、真剣にラップトップの画面をにらんでいるジアンナの姿だった。彼はジアンナに近づき、肩に手をかけた。

「やあ」こめかみに唇を軽くはわせる。「忙しいのかい?」

ジアンナは顔を上げて彼と目を合わせた。そのまま視線をそらすことができない。「私……あなたが帰るのを待っていただけよ」

フランコの微笑はジアンナを骨まで溶かしてしまうほど優しかった。「僕がシャワーを浴びている間、もう少し待っていてくれるかい?」

どう返事をしようかと考えている間に、彼はジアンナの鼻を指で軽く突つき、部屋から出ていった。

ジアンナは何度かキーを叩いてから電源を切った。

そのとき、机が目に入った。そうよ、会ったらいちばんに礼を言おうと思っていたのに忘れていたわ……ジアンナは後悔に襲われ目を閉じた。

寝室に行ってみると、ちょうどフランコがシャワーから出てきたところだった。腰にタオルを巻いただけの姿で、髪が濡《ぬ》れて光っている。

なんて男らしくてセクシーなのだろう。そう思いながらジアンナは夫を見つめた。フランコも見つめ返してくる。

急に胸が苦しくなって、身動きできなくなった。

ばかね、とジアンナは自分を叱《しか》った。彼は私の夫よ。何度もベッドをともにしたし、あらゆる時間を共有してきた。今さら何を恥ずかしがるの？

彼は私が恥じらっていると気づいただろうか？

神様、どうぞ気づかれていませんように。

「とてもすてきな机だわ。ありがとう」

「こっちへおいで」

優しい口調にさらに気持ちを乱され、ジアンナはその場から動けずにいた。

フランコはしばらくジアンナを見ていた。やがて近づいて彼女の震える唇をなぞった。

「ファムケにはたくさん償ってもらわなくては」

本当にそうだとジアンナは思った。

「君に電話してきたんだね」質問ではない。彼はすでに知っているらしい。「僕があの机を彼女にプレゼントしたと言った。違うかい？」

「そのとおりよ」

フランコの視線が鋭くなった。「彼女は危険だ」彼はジアンナの頬を両手ではさんだ。

「誓ってもいい。ファムケとは何もない。すべて彼女の妄想だよ」

そのことを暗に示す証拠はたくさんあるし、フランコの話を裏づける事実もある。彼を信じないわけにはいかなかった。

「もし今度君に電話をかけてきたら、僕が出るよ」

〝もし〟ではないわ、とジアンナは思った。絶対にまたかけてくるだろう。彼女がここであきらめるはずがない。

「私一人でなんとかできるわ」

フランコはジアンナの額にキスをした。「もちろん、それはわかっているよ」唇が鼻をたどって下りてきて、そっとジアンナの唇に重なった。ジアンナは天にも昇る気持ちに駆られた。

「とても……すてきよ」

フランコはジアンナを抱えあげた。「まだまだだ。これからもっとすてきになるよ」

そのとおりだったわ、と眠りに落ちる寸前、ジアンナは思った。時間をかけて愛してもらったジアンナは、魂の底まで届くような満足感を覚えていた。

11

その夜ジアンナとフランコは、ホテルで催されるディナーパーティに出席することになっていた。国際的に有名な作家の講演のあと彼の最新作が紹介される予定で、興味深い夜になりそうだった。

さらに、今夜のチケット代の何割かは、作家が熱心に援助しているチャリティに寄付されることになっている。

ジアンナは花柄の優雅なドレスを選び、念入りに身支度を整えた。化粧は薄めにして、目元を強調する。髪はさりげなく巻きあげ、宝石のついた櫛《くし》で留めた。ダイヤモンドのネックレスとイヤリング、ブレスレットをつけ、ヒールの高い靴を履くと、夜会用のバッグを手に一階に下りていく。

「今夜はアナマリアとサントも一緒だ。まずアナマリアを迎えに行って、それからサントの家に行く」

珍しいことだった。何年も前から、祖父母は夜の社交界の催しに出なくなっているのに。

「今夜のゲストはアナマリアが尊敬している作家なんだそうだ」

アナマリアとサントが一緒に？　まあ。面白そうな催しどころか、違う意味で興味深いわ。

「二人の席は離すほうがいいかしら？」ベンツを運転しているフランコに尋ねると、彼は考えるようなまなざしでジアンナを見やった。

「そんなことをしても結局同じだろう」

確かにそうだった。アナマリアはいつものように堂々とした威厳を保とうとするだろうし、サントがそんな彼女をからかわずにいられるはずはない。

予想は当たった。ホテルのロビーにいるときはほかの客の手前二人ともおとなしくしていたが、テーブルについたとたん、いつもの舌戦が始まった。

「ワインはまだかな？」

アナマリアはサントを見下すように言った。「そんなことはソムリエに任せておけばいいわ」

「どこにも姿が見えないよ」

「そうせかせかしないで」

「君に礼儀作法をとやかく言われたくないね」

「まったく、なんであなたがここにいるのか、理解できませんよ」アナマリアはうんざりしたように言うと、唇を固く引き結んだ。対照的にサントは口元にいたずらっぽい笑みを浮かべている。

「君を監視するためさ」

ジアンナは思わず目を白黒させかけた。思っていた以上に大変な夜になりそうだ。

フランコの腿をテーブルの下で突つき、ささやく。「どうにかしてよ」

「どうしたらいいかな？」

「いいかげんにして、と手をぴしゃりと叩《たた》く？」

「ずいぶんストレートな方法だね」フランコがからかうように言った。

「そうよね」

「いいさ、好きなようにやらせておけば」

今度こそジアンナは本当に目を白黒させた。「それは……正しい選択かしら？」

アナマリアとサントは一時休戦状態にあった。アナマリアが隣の席の客と愛想よく話を始めると、サントも負けじと、反対側のゲストと会話を始めた。

ソムリエがワインの注文を取りに来た。司会者が作家の経歴を披露し、ディナーの始まりを告げた。

「やれやれ、やっと来たか」最初の料理が運ばれてくるとサントがウエイターに言った。

「どうしようもない人ね」アナマリアがサントをにらみつける。

サントはしょげる様子もなくほほえんでいる。

やがてメイン料理が供された。それを食べる間は何事も起こらずに平和に過ぎた。

「すてきな方ですね」ウエイターが皿を下げはじめると、同じテーブルの客がサントに視線を送りながらジアンナにささやいた。

「ええ、本当に」ジアンナは相槌《あいづち》を打った。サントが実はとても心の温かい人だということは知っている。だがアナマリアと一緒にいると、彼はどうしても彼女をからかって意地悪せずにいられないらしい。

ジアンナは広い会場をなんの気もなく見渡したが、突然見覚えのある髪型に気づいて身をこわばらせた。考えてみれば、会場の離れた場所にあるテーブルでファムケがみんなの注目を集めていても、驚くにはあたらないのだ。今夜の彼女は、前回とはまた違う富豪と一緒だった。

自分が望めばどんな男性でも手に入ることを見せつけたいのだろうか。

司会が登場し、ニューヨークタイムズで作家が称賛されたことや、国際的なベストセラーになっている本の名を告げた。そこで作家が登場した。

小柄な中年の作家は、喝采《かっさい》を浴びながら壇上にのぼり、慣れた手つきでマイクを手にした。聴衆を喜ばせる術《すべ》を心得ているのだろう。彼は滑らかな口ぶりで自分の作品が出版され、名誉と富を得るに至った経緯を語った。

デザートとコーヒーが出された。そのあとサイン会があることが告げられ、本を購入して作家にサインしてもらうために、客が列を作りはじめた。

アナマリアが身を乗りだした。「私たちも並びましょうよ」

列はとても長く続いている。「ここにいて。私が代わりにもらってくるわ」ジアンナは言った。

「ありがとう」

ジアンナはテーブルの間を縫って進み列の最後尾についた。気がつくとすぐ後ろにファムケがいた。

これは偶然だろうか、それとも私と対決するためにわざわざそうしたのだろうか。

わざとに決まっているわ、とジアンナは口の中でシニカルにつぶやいた。もちろんそうに決まっている。せっかくの楽しかった夜の最後が、こんなことになるなんて。

「こんばんは、ファムケ」ジアンナは慇懃《いんぎん》に言った。

「あなた、いったいいつになったら私が言っていることを理解するのかしら?」挨拶《あいさつ》もせずに、女優は切りだした。

向こうがそういう態度に出るなら私も言いたいことを言おう。「同じ質問をあなたにお返しするわ」

列が少し前に進んだ。

「嫌がらせやストーキングは法律で罰することもできるのよ」ジアンナは静かに続けた。「これ以上しつこくつきまとうと、恨みを買うことになるわよ」

ファムケの瞳に憎悪が燃えあがる。ジアンナは一瞬、彼女に殴られるのではないかと思った。

「フランコを自分のものにしておけるなんて、思わないほうがいいわ」ファムケは冷たい声で言った。「どうせあなたの負けなんだから」

そこまで言われては礼儀などにかまってはいられなかった。「これからもそうやって嘘《うそ》ばかりつきつづけるつもり？　私が嘘を見抜けないとでも思っているの？」

そのときフランコが近づいてくるのがわかった。ジアンナは視線で彼を制した。これは私の戦いよ。自分一人で戦ってみせるわ。

「あら、私たち毎日電話で話しているのよ」

「フランコにメールを送りつづけているんでしょう。でも彼は全部無視しているわ」

ファムケは悪意のこもった微笑を向けてきた。「本当にそうだと、あなたに断定できる？」

「ええ、もちろんできるわ」

「あなたとの勝負はまだついていないわ」

「あきらめるのね、ファムケ」ジアンナは静かにきっぱりと言った。「それより自分の信用や評判を大切にしたほうがいいわ」

「くたばればいいのよ」

その悪態に、ジアンナは肩をすくめて応じた。「どうぞご勝手に」

女優はものすごい目つきでジアンナをにらみ、背を向けて自分のテーブルに戻っていった。

ジアンナは胸がすっとし、晴れやかな気分になった。

フランコがさらに近づいてくる。ジアンナは黙って彼を見つめた。

「ファムケはサインをもらうのをあきらめたのかな？」フランコはジアンナの手を取り、唇を寄せた。

彼の唇の感触がジアンナの体を熱くさせた。ほんの一瞬、二人の視線がしっかりと絡み合う。

いったい何が起きているのだろう。感覚に秘められている魔術に惑わされているのだろうか。いや、そんなものではなく……一瞬、二人の魂が一つになったような感じがした。

狂気の沙汰《さた》だわ。

すべてが遠くに消えていった。どこにいるかもわからなくなり、周囲の人たちの存在も物音も、意識から抜けおちる。

ジアンナの頭には今、彼の存在しかなかった。

自分の気持ちがどうなのか、それはかり考えていたから、私は真実を見落としていたのだろうか。

定められた結婚を受け入れ、二人の間にあるものが激しい愛ではなく穏やかな情愛でもかまわないと、自分に言いきかせてきた。そのために私は、二人の関係がいつか変わるかもしれない可能性を自ら否定していたのだろうか。

フランコは一度も愛していると言ってくれたことがない。でもそれは……私も同じだ。ああ、神様。私は身勝手な空想をしているんでしょうか。現実にありえないものを見ているのでしょうか。

答えは簡単だった。彼にきいてみればいいのだ。

そうよ、と心の声が嘲《あざけ》るように言った。たった一言きくだけでいい。〝私を愛している?〟と。

でも彼が一瞬でも返事をためらったら、私は生きていけないだろう。

そのとき、背中にごく軽く彼の手が触れ、ジアンナははっと現実に戻った。

「もうすぐだよ」いつの間にかずいぶん列が短くなり、ジアンナの前には十人ほどの人がいるだけだった。

数分後、二人は本を買い、サインをもらってテーブルに戻った。

「ありがとう」アナマリアは表紙を開き、そこに書かれたサインを見てほほえんだ。「大事にするわ」

「あの女優がまた何か言ってきたのかい？」

サントにきかれて、ジアンナはかすかに笑った。

「大丈夫。ちゃんと言うことは言ったわ」

「ばかな女どもには我慢がならん」サントはフランコに向き直った。「きちんと片をつけるんだぞ」

「もちろん、もうすんでいますよ」

フランコがものうげに言うのを聞いて、ジアンナは不安を覚えた。ファムケがこのままおとなしく引きさがるとはとても思えなかった。妄想に理性や理論は通用しない。私の推測が間違っていなければ、彼女は行き着くところに行き着くまでやめないだろう。

終わりが、いつ、どんな形で訪れるのかまでは予測できなかった。

「さあ、そろそろ帰りましょうか」

作家は熱心なファンに囲まれている。すでに何人かの客が出口に向かっていた。

アナマリアが席を立った。「ええ、そうね」彼女は腕を取ってエスコートしようとしたサントをにらんだ。「私はまだ老いぼれていませんよ」

「おやおや、この間は足首が痛いと言っていた気がするが」

おや、とジアンナは思った。祖母からそんな話を聞いたことはない。

「あなたの思い違いでしょう」アナマリアはサントの言葉を退けた。

家に戻ったのはもう遅かった。いろいろなことがあって疲れた夜だった。ジアンナは戸締まりをフランコに任せて二階に上がった。

いつになく疲れていたため、寝室に入るなり靴を脱ぎすて、服を脱いだ。

ひんやりとしたシーツに横たわるとほっとした。こんなにベッドを心地よく感じたことはない。

フランコが部屋に入ったとき、ジアンナはすでに眠っていた。彼はジアンナの安らかな寝顔を見おろした。柔らかな肌、扇のように広がっているまつげ。繊細な曲線を描く唇。

今すぐキスしたい衝動に駆られた。

ジアンナは本当に特別な女性だ。そう思いながら彼は服を脱いだ。彼女は魔性の女。そして僕の人生の光だ。

ジアンナがいては、ほかの女性に目を向ける気さえ起こらない。

すぐにも、ジアンナと話し合わなければ。

でも今夜はやめておこう。フランコはジアンナの隣に滑り込んだ。

ベッドサイドの明かりを消すと、彼はジアンナに寄り添い、そっと抱きよせた。

12

その舞踏会は今年のチャリティ・イベントの中でも特に大きな催しとして前評判が高かった。集まったお金はすべて白血病基金に寄付されることになっている。

舞踏会に参加するのは、富豪や数々の慈善団体にかかわっている女性たちに加え、名の知れたイベントには必ず顔を出したがる常連たちなど、さまざまだ。

本当にいろいろな人がいるわ。フランコにエスコートされてホテルのロビーに足を踏み入れながら、ジアンナは思った。

男性はタキシードを身にまとい、女性たちは高価なデザイナーもののドレスに身を包んでいる。彼女たちがつけた宝石が照明を反射して輝き、シャンパンを口にしながらさまざまに友人や知り合いと談笑する声が響く。

これだけの人が集まったら、目標金額は絶対に達成できるだろう。ゲストの何人かは多額の寄付をするはずだ。

ファムケは今夜姿を見せるだろうか？

ジアンナの喉の奥にシニカルな笑いがこみあげた。ばかね、決まっているじゃないの。フランコが来るのを知っているからには、彼女がチャンスを逃すはずはないわ。

そう考えるといらだちと怒りがわいてきた。とはいえ、最初にファムケが二人の前に現れたとき心の奥によどんでいた恐怖は、徐々に消えつつあった。

ファムケの言葉には矛盾がありすぎる。フランコは疑いの余地がない証拠を示して、彼女の嘘《うそ》を暴いてみせた。

ファムケは単に私たちの間をかきまわそうとしているのではない。用意周到に次々に攻撃を仕かけてくるのは、もっと深い意図があるからに違いなかった。

妄想に駆られて精神が病んでいるの？

ファムケの行動はあまりに常軌を逸している。法に裁かれかねないほどのことさえしている。

フランコは法に訴える気があるのだろうか。

「ファムケは現れるかな？」

ジアンナはフランコを見あげた。彼の瞳に温かなものが宿っているのを見て、体を甘い感情が貫いた。

一瞬、本当に彼に愛されていると信じられる気がした。彼の手の中に手を滑り込ませると、フランコはジアンナの手を力強く握り返し、にっこりとほほえんだ。

「賭《か》けましょうか？」

友人と談笑し、知り合いに挨拶《あいさつ》をしているうちに、ロビーはますます込んできた。

「すてきなドレスね。似合っているわ」

振り返るとニッキー・ウィルソンスミスがすぐ横に立っていた。今日のニッキーはとてもきれいだ。一日かけて念入りに支度をしたに違いない。

「ありがとう、エステラのおかげよ」実際、エステラが選んでくれた色はジアンナの肌の色を引き立てていた。それに合わせたメイクとアイシャドー、口紅がさらに全体の印象を華やかにしている。

髪型もエステラの助言に従って、エレガントに巻きあげてまとめているし、宝石も彼女の指示どおりのものをつけた。

「もう会場に入れるよ」フランコが言う。「僕らも席につこうか」

八名が座れるテーブルには知った顔が配されている。席はすぐに埋まった。

ジアンナは内心ほっとした。ファムケが来ているとしても、これで同じテーブルにつくことはないわ。

司会がチャリティ団体の会長を紹介した。続いて会長から活動状況やこれまでの実績、今後の目標が述べられ、スクリーンにスライドやビデオが映しだされる。病気と闘っている、つぶらな瞳をした幼い子供たちの笑顔が、見ている者の心を打つ。

料理の合間には工夫を凝らした催し物があり、食事も申し分なかった。

メイン料理を食べているとき、ジアンナは肩甲骨の間に妙な感じを覚え、もぞもぞと肩を動かした。

「どうかした？」フランコが尋ねた。

「いいえ、別に」

だが妙な感覚は消えなかった。会場を見渡しても変わった様子はない。ジアンナは食事を続けた。

ウエイターが手早く皿を片づけはじめる。それを機に、ジアンナは身をよじって後ろを見た。

案の定、ファムケが二つ離れたテーブルに座っている。その憎悪のこもった視線に、ジアンナの胸は騒ぎ、息がつまった。

「ファムケがいたんだね？」

どうしてわかったのだろう。「あなた、後ろにも目があったかしら？」

フランコはジアンナの喉元を見つめた。鼓動が速くなっているため、脈打っているのが傍目《はため》にもわかる。動揺するときには決まって呼吸が乱れることに、ジアンナは自分で気づいていないのだろう。

だが僕は彼女のことなら全部知っている。ほかの女性が相手では考えられないことだが、ジアンナのどんな変化も、すべて意識せずにはいられないのだ。

「そのとおり。一人で化粧室に行ってはいけないよ」

「私についてきたりしないでね。大混乱になるわ」

フランコはジアンナの手をぎゅっと握った。「ついていくけれど、外で待っている」

「まるでボディガードね」その言葉には多少の皮肉が込められていた。

「君を動揺させるチャンスを、これ以上ファムケに与えたくないんだ」

「私を守ってくれるの？」

「いやかい？」

「いいえ、ちっとも」

そのとき司会者が次の余興の始まりを告げた。デザートとコーヒーが出されるのはそれが終わってからのようだ。

ジアンナは席を立った。「大丈夫よ……」続いて立ちあがろうとしたフランコに、彼女はそれだけ言った。

ファムケは私が席を立つのを見ているだろうか。

もちろん、見ているに違いない。

彼女はどんな手を使ってでも私たちの邪魔をしようと決めているのだから。そう思うと腹が立った。

いつになったらあきらめるのだろうか。

化粧室には長い列ができていたので、席に戻るまでにはかなり時間がかかった。ファムケのいるテーブルに、ジアンナは目もくれなかった。食事も余興も終わったので、テーブルについている客同士が心置きなくおしゃべりを始める。

「バートったら、余生を船上で過ごしたいなんて言うのよ。信じられる?」バートの妻が言った。

「ずっと船の上? それはつらいわね」見ると、当のバートは熱心にフランコと話し込んでいる。

「いいえ、船を家がわりにして、世界じゅうを旅してまわりたいんですって。好きなところに上陸して、飛行機で船を追いかけてはまた乗船するの」

なるほど、その船ね。世界でいちばん大きなホテルとうたわれているその豪華客船には、小さなアパートに匹敵するほど大きなスイートルームがあるらしい。

船の上で舞踏会だってできるだろう。

「いいじゃない」ジアンナは応じた。「いろいろ楽しいことがありそうだし、買い物だってできるわ。乗っている方たち同士のお付き合いも盛んでしょうし」

「そういえばそうかもしれないわ。うちは世界各地に家族や親戚《しんせき》がいるから」

「キャプテンとのディナーもあるでしょうし、たくさんの出会いがあるに違いないわ。きっと、お食事だっておいしいわよ」次々に言葉が出てきた。自分は人をおだてるのに向いているかもしれない、とジアンナは思った。

「もっと言って。それから？」

「いつも免税で買い物ができるわ」

「ああ、そういえばそうね」

「料理も掃除もしなくていいし、渋滞とも無縁。駐車場を探しまわることもない」

「本当ね。バートに言ってもう一度パンフレットを見せてもらおうかしら。いいかもしれないわ」彼女はジアンナの手をそっと叩《たた》いた。「ありがとう」

「大した営業力だ」笑いを含んだ男性の声に、ジアンナは向かいに座っている魅力的な若い男性を見た。

ついにこやかに笑わずにはいられない。「ええ」

「ぜひ君をヘッドハントしたいね」

「断るのが惜しいような条件で？」

もちろん完全に冗談だった。彼はジアンナが誰かも、フランコの妻であることも知っているのだから。

男性はばかばかしいほど高額の給料を口にしてジアンナの反応を待った。

「まあ、冗談ばっかり。そんなお金を従業員に払ったら、社長が引きつけを起こすわ」ジアンナは思わず小さな笑いをもらした。

「いや、だって社長は僕だもの」

「まあ、本当に？」本気なのか嘘なのかわからない。

「本当さ」

「そう。じゃあフランコは私の給料を上げるしかないわね」

「そうでなかったら、うちに来てくれるかい？」

まさか本気ではないわよね。

「いや、だめだ」フランコが口をはさんできた。「彼女は行かないよ」

「残念。彼女、逸材なのに」

「そのとおりだ。しかも彼女は……」

僕のものだ、という言葉を彼は口にしなかったが、そう言おうとしていることは誰の目にもはっきりとわかった。

ジアンナは困惑し、呆然《ぼうぜん》としていた。フランコがこんなに亭主然とした態度を見せたのは初めてだったからだ。

ウエイターがコーヒーや紅茶のお代わりを持ってテーブルをまわりはじめたが、ジアンナは断った。

司会者が礼を述べ、寄付総額を発表しはじめる。

年配の客が早くも席を立ちはじめた。スタッフがきびきびとテーブルを寄せ、ダンスをするスペースを作っている。

バンドが登場し、演奏が始まった。カップルが次々にフロアに出て踊りだす。

フランコはごく自然にジアンナの手を取ってダンスに参加した。

フランコとは数えきれないほどダンスをしたし、彼の腕に抱かれるのも珍しいことではない。それなのに今夜は何かが違った。つかの間魔法がかけられたように、感覚が研ぎ澄まされ、二人が一つになったみたいに感じられる。もともと一つの魂だったかのように。

思わず、人前にいることも恥ずかしさも忘れ、彼の首にしがみついて唇を寄せたくなった。

ぴったりと抱き合っていると、彼が高ぶっていることが服越しに伝わってくる。胸の鼓動が感じられ、服を着ているにもかかわらず、かすかに彼の匂《にお》いが漂ってくる。

私たちは動物王国にいる人間？　それとも人間の国にいる動物？　どちらにしろ、二人が肉体の欲求と感情に支配されていることに変わりはない。

「帰ろうか？」

フランコの声はわずかにかすれていた。ジアンナは身じろぎして彼の腕から抜けだし、導かれるままにテーブルに戻った。

二人は同じテーブルにいる人たちに挨拶をした。挨拶はすぐに終わったが、会場を出て支配人に車を玄関にまわす手配をしてもらうまでに、かなりの時間がかかった。

「楽しい夜だったわ」ジアンナはつぶやいた。そのあと夜の街を走る車中、二人の間に流れる心地よい沈黙を楽しんだ。

「夜はまだ終わっていないよ」

ジアンナは夫の方に向き直った。「約束してくれる？」

とてもすてきな夜だった。階段を上り、寝室に入るまでの一分一分を、ジアンナは堪能《たんのう》した。

フランコが宝石がついた髪留めをはずすと、髪が滝のように一気に肩に流れた。

ゆっくりと、ジアンナの着ているものが一枚ずつ脱がされていき、そのあとの愛撫《あいぶ》は夜通し、夜明けまで続いた。

すべてが完璧《かんぺき》な夜だった。

13

これで三日目だった。ジアンナは何かがいつもと違うと感じていた。

何が、と言われてもわからない。どこかが違うのだ。いつもより食欲はあるのに、好物は食べたくなかったり、胸がいつになく敏感になっている。

食べたものが悪かったのだろうか。夜になると妙に疲れて早くベッドに入りたくなるし、入るとすぐに眠ってしまう。

そのとき、ジアンナははっと気づいた。

まさか……。

日にちを逆算した彼女は思わず椅子に座り込んだ。

さまざまな感情が体じゅうを駆けめぐる。興奮、期待、喜び……それにわずかな懸念も。

赤ちゃんなの？

早く確かめたいという思いに駆られ、ジアンナはいても立ってもいられず、バッグとキーをつかんでＢＭＷに乗り込むと薬局に向かった。

妊娠判定キットを買ったあと、ジアンナははやる気持ちを抑えて、毎週日曜日に催される市場を訪れた。手工芸品や焼き物、刺繍《ししゅう》などを見てまわる。

いくつか目についたものを買った。一つはローザへのプレゼントだ。時間をかけて冷たい飲み物を飲み、車に乗って家に帰る。

フランコは夕食後、書斎にこもっていた。明日ゴールドコーストで開かれる会議の準備があるらしい。

ジアンナはわざとゆっくりこれから読む本を選び、二階に上がるのを遅らせた。

さあ、早くテストをするのよ。

説明書は読んだし、テストがどんなものなのかは知っているでしょう。

そうよ。ためらっていないでさっさとやるのよ。

結果は、陽性だった。

全身が熱くなり、ジアンナは自らを抱きしめた。

明日いちばんで病院に予約を入れ、医者に確認してもらおう。それまではフランコにも黙っていよう。

黙っているのは思ったより難しくなかった。フランコがベッドに入ってきたときにはジアンナはぐっすり眠っていたし、起きたときには彼はもう空港に向けて出発したあとだったから。

無理を言って三時に病院に予約を入れてもらった。それまでの時間は果てしなく長く感じられた。何本かの電話をかけ、ブリスベーンとシドニーにいる重役と電話会議をした。病院では三十分ほど待たされた。そして診察後、ジアンナは妊娠七週目に入っていることを医師に告げられた。

まだごく小さいはずの胎児の存在がとても現実味をもって感じられる。車に戻るまでの間、足が地に着いていないような感じだった。

赤ちゃん。

エレベーターに乗ってビルの上の階にあるジャンカルロ・カステリ社に戻る間も、思わず口元をほころばせずにはいられなかった。

フランコに電話をかけたいけれど、彼は会議中だ。帰宅は遅くなるだろうし、何よりこのニュースは電話ではなく、直接彼に告げたい。

ジアンナが家に着いたのは六時だった。

留守番電話にはいくつかのメッセージが入っていた。シャワーを浴びて着替え、マッシュルームのオムレツとサラダ、食後に果物を食べる。

ラップトップに向かってキーボードを叩《たた》いているとメールの受信を告げる携帯電話のブザーが鳴った。メールを読むうちに、ジアンナの怒りはつのっていった。

またもやファムケが罠《わな》をしかけてきたのだ。

〝待たなくていいのよ。私たち、遅いフライトで帰ることにしたから〟

ジアンナは眉を吊《つ》りあげた。私たちですって?

そんなはずがないわ。ファムケがフランコと一緒にいるわけがない。あれだけ情報網を張りめぐらしているのだから、彼がゴールドコーストにいるのをファムケが調べるのは簡単だろう。

そう、どう論理的に考えても一緒にいるはずはない。ただ問題は、ジアンナ自身が論理的に考えられなくなっていることにあった。

いいかげんにしなさい。

フランコがどこにいるか、私は把握しているのよ。スケジュール表ももらっているし、帰宅が遅れるときには必ず電話もかかってくる。お互いに自分の行動を知らせるというルールを、二人は守っていた。

でも、だからといってすべてを知っているとは言えない。スケジュールの合間を縫って彼が自由な時間を持とうとすれば、できないことはない……。

だめ、そんなふうに彼を疑うものではないわ。

ファムケが別の惑星に去ってほしいと願うのは無理だとしても、せめて別の国に行ってしまえばいいのに。別の街だっていい。

それなのにファムケは頑としてメルボルンにとどまり、私たちの邪魔をしようとしている。

しかも彼女は自分の足跡を隠すのが上手だ。

もちろん、フランコはそんなファムケを黙って容認してはいない。私同様、彼女の存在をうっとうしく思っているはずだ。

そのとき携帯電話が鳴り、ジアンナは反射的に電話に出た。

「ごめん、ディナーが思ったより長引いたんだ」フランコだった。「遅いフライトに乗るよ」

ジアンナは携帯電話を持った手に力を入れた。「だから待たなくていいと?」冷たい声で言う。

「しかたがなかったんだ。仕事だったから」滑らかで穏やかな口調だった。

「わかったわ」

「これからタクシーで空港に向かうよ。着いたらもう一度電話する」

「寝てしまうかもしれないわ」

「そうしたら電話で起こすよ」

返事をする前に電話が切れた。フランコは何も知らないらしい。ジアンナは怒りを覚えたが、怒ってもしかたがないとすぐに考え直した。

　仕事を続けようと思ったけれど、三十分もすると集中できずにやめてしまった。テレビをつけてチャンネルを次々に変えてみるが、見る気になれない。結局、本を持ってベッドに入った。

　だが気がつくと同じページを何度も読んでいるし、何も頭に入ってこなかった。ジアンナはあきらめて本を置き、明かりを消した。

　妊娠でホルモンの状態がいつもと違うためか、あっという間に眠りが訪れた。どのくらいたっただろう。ジアンナはぼんやりと、フランコの存在を近くに感じた。彼の温かな体に抱きよせられ、こめかみに、頬と唇に、キスをされる。

　ああ、神様……このままずっと彼に寄り添っていたい。離れたくない。

「しいっ」Tシャツを脱がし、ジアンナの喉元のくぼみに唇を押しつけてフランコがささやいた。「僕に任せて」

　フランコはその言葉どおり、ジアンナに喜びを与えてくれた。あまりに優しい彼の態度に、ジアンナは思わず泣いてしまったほどだ。耐えきれないほどの心地よさに喉の奥で息がつまり、堪えきれずに自分から彼にねだって、二人で共有する抗《あらが》い難い魔法に浸った。

　情熱が絶頂に達すると骨さえも溶けてしまいそうだった。

　二人はほとんど同時に我を忘れた。このすばらしい瞬間を離したくない、とジアンナは思った。

とてもすてきだったわ、と頭の隅で思いながら、彼女は眠りについた。すてき、という言葉では表しきれないほどだ。

赤ちゃんのことを彼に話さなければ。そう、明日になったら。

だが寝過ごしたジアンナが目を覚ますと、フランコの姿はすでになかった。彼女はあわててバスルームに走っていった。

シャワーを浴びてキッチンに行く。彼はスーツの上着を着ようとしているところだった。

ジアンナは夫に近寄り、頬を両手ではさんで顔を引きよせた。

「今日のスケジュールはどうなっているの?」

キスが激しさを増し、ジアンナは息をはずませた。

「僕に仕事をさぼれという誘いかな?」

彼のゆったりした問いかけに、ジアンナはいたずらっぽく笑い返す。

「ランチを一緒にどう?」

一瞬彼がいぶかしげな表情をのぞかせた気がするけれど、思いすごしだろうか。「じゃあ、一時ではどうかな?」フランコはオフィスから歩いてそう遠くない場所にある高級レストランの名前を挙げた。「予約を入れておくよ。昼前に街で打ち合わせが一件あるんだ。直接レストランに行く」

「わかったわ」

ジアンナはシリアルと果物、熱い紅茶で朝食をすませ、いつもどおり車で出勤した。午前中は緊急の電話や対応を要することもなく、平穏に過ぎた。一時少し前に、彼女は化粧を直してエレベーターで一階に下りた。晴れた日で、雲一つない空に太陽が輝いている。すがすがしい気分でジアンナは歩道に立った。

つい微笑がこぼれる。二人の赤ちゃんがおなかにいるのだ。男の子だろうか、女の子だろうか。健康ならどちらでもかまわない。名前はどうしよう。考えるのはまだ気が早いだろうか。

子供部屋を寝室のそばに作らなければ。どんな色で統一しよう。インテリアは？　ジアンナは新しい世界が開けたような新鮮な気分に浸った。レストランに入ると支配人に名を告げ、彼のあとに従った。

フランコの姿を見つけて手を上げようとしたとき、見覚えのある金髪の女性がウエイターに椅子を引いてもらい腰を下ろすのが目に入った。

「おや、お友だちもちょうど着かれたようですね」

お友だちですって？　冗談じゃないわ。

そのままきびすを返して帰ってしまおうかと思ったが、そんなことをしてもなんの解決にもならない。

フランコは驚き、困惑と闘っているように見える。近づいてみると、彼の表情は仮面をかぶったように硬かった。

一方ファムケは、まるで浮気の現場を見られた愛人のような態度を示した。「まあ、ジアンナ」

感心せずにはいられないほどの演技力だ。

「まさかあなたに会うなんて、私たち、思っていなかったから」

なぜ待ち合わせ場所どころか時間までも、彼女は知っていたのだろう。会社から歩いてこられる距離にあるレストランを全部チェックしていたの？

ジアンナは体が小さく震えだすのを抑えて、何食わぬ顔をしているファムケの青い瞳を見返した。

「そうかしら？」精いっぱい皮肉を込めて言う。「変ね。フランコとここで会う約束になっていたのに」

ジアンナはフランコを見やり、口をはさもうとした彼に無言で警告を送った。

ここは私に任せて。

「なぜあなたがしゃしゃり出てきたのかしら？」

ファムケは甲高く笑った。「その質問は自分にきいてみたら？」

「答えはわかっているわ」本当にわかっていれば、どんなにいいだろうか。「でも、あなたの手間を省いてあげる」

今こそきっぱりとどめを刺さなければ。人に見られてスキャンダルになったってかまわない。

「私はここから出ていくわ。フランコが一緒に来るかどうかは彼しだいよ」ジアンナは言葉を切った。「それは彼が決めることだから」

いつの間にかあたりは静まり返り、みんな耳をそばだてている。だがジアンナ自身はそんなことは気にもならなかった。

フランコを見もせず、ジアンナはさっと身を翻して外に出た。我に返ったかのように、支配人やウエイターが再び動きだす。静かだったレストランの中に皿が置かれる音やガラスが触れ合う音が飛び交いだし、客は自分たちの皿に注意を戻した。

ジアンナは一度も振り返らなかった。入り口にいた従業員に会釈をしてそのまま歩きつづける。

外に出ると真っすぐにオフィスに向かった。まるで心が体から遊離しているみたいだ。私は歩いている。昼食をとるためにビルから出てきた男女の間を縫って。それなのに、何も目に入ってはこなかった。

「大したものだった」

フランコの声だった。心臓が止まりそうになり、次の瞬間ものすごい勢いで打ちだした。

「あっちへ行って」

「僕は一生離れるつもりはないよ」

胃が上下に引っくり返ったような気分だった。「私、世間話をする気にはなれないの」

「世間話をするつもりなんかない」フランコは携帯電話を取りだすと登録されているワンタッチダイアルを押した。「来週の午後のアポイントは全部キャンセルしてくれ」彼は言葉を切った。「妻のアシスタントに連絡して、同じことを伝えてほしい」

ジアンナは驚いて振りむき、夫を見た。「そんなこと無理よ」

フランコは眉をひそめてから、もう一度ワンタッチダイアルを押した。

彼は次々に電話をかけた。最初はエンリコへ、ジアンナの車を取りに行ってほしいという指示。次はローザに、数日留守にするという伝言。

オフィスの前に来ると、フランコはジアンナをエレベーターに乗せて地下駐車場に向かった。

数秒後、ドアが開いた。

ジアンナはあぜんとした表情を浮かべた。「何もかも放《ほう》りだして帰るなんて、できないわ」

「僕を見て」彼はジアンナの口を唇で封じると、彼女をベンツの助手席に導いた。「さあ」

あっけに取られつつも、ジアンナは従った。平日の真っ昼間に家に戻るなんて、いまだかつてないことなので気がひける。そう言おうとしたとき、車が家とは違う方向に向かっていることに気づいた。

「どこに行くの？」

「ホテルだ」

「え？」

フランコは意味ありげに妻を見た。「聞こえなかった？」

「なぜ？」自分の耳にも子供じみた質問に響いた。ジアンナの動揺ぶりを見て、フランコはくっくっと笑った。

数分後、ベンツはメルボルンでもいちばん豪華なホテルの玄関に滑り込んだ。フランコは支配人に鍵《かぎ》を預け、チェックインの手続きをした。

「数日泊まるって、どういうこと？」エレベーターで上の階に向かいながらジアンナは改めて尋ねた。

「邪魔が入らないように、さ」

「でも、泊まる準備なんか何もしてないわ」

エレベーターが停《と》まり、二人は外に出た。「足りないものは買えばいい」彼はカードキーの番号を確かめると、ジアンナを予約した部屋に導く。

カードキーを差し込んでドアを開けたとたん、ジアンナは突然抱きかかえて部屋に運び入れられ、驚きの声をもらした。

「気でも違ったの？　早く下ろして」

下ろしてはくれたが、彼はジアンナを放そうとはしなかった。言葉を失っているジアンナの頬を両手ではさむ。

「フランコ……」

「黙って」優しく言うと彼は身をかがめてきた。

フランコはそっと唇を重ねた。震えるジアンナの唇を、唇でなぞり、かすめるように軽いキスをする。

こんなにきゃしゃで小さいのに、彼女は強い。僕の人生を明るくしてくれた、快活で生命力にあふれているジアンナ。

「君が僕をどんな気持ちにさせるか、わかっているかい？」

わかるどころか、ジアンナは時間も場所も忘れ、何も考えることができなかった。しだいにキスが激しさを増していく。

「服が邪魔だわ」

彼の低い笑い声を聞くと、背筋に震えが走る。「焦らないで。飢えているのかい？」

「食事のこと？　それとも違う意味で？」

「両方さ」

「どちらを優先するか、私に選ばせてくれる？」

フランコはこうしてここに、私と一緒にいる。私にとっては、とても重要な意味を持つことだ。でもそれは、彼が結婚は神聖なものだと信じているから？　それとも責任感から？

神様……彼は情愛以上の気持ちを私に対して持ってくれているのでしょうか。愛だと思いたいけれど、そう断定する勇気はなかった。

「ゆっくり話し合おう」フランコが優しく言った。「それから愛し合って、一緒に食事をとるんだ」彼はジアンナの唇に触れた。次に、ジアンナが苦しくなるほど強く、ぴったりと抱きよせた。「順番は違ってもいいけれどね」

熱い欲求が螺旋《らせん》となってジアンナの体を貫く。

とうとうそのときがきたのだ。いろいろなことを乗り越えて……。望んだとおりの結果でありますように。

彼女はいたずらっぽく笑って瞳を輝かせた。「じゃあ、最初にお食事しましょう」

「まったく」フランコが笑った。

ジアンナはルームサービスのメニューを手にして、電話で食事を注文した。

フランコは携帯電話を留守番電話にセットし、同じことをするようにジアンナを促した。

「連絡がつかない状態にするの？」

「そんなに悪いことかな？」

仕事人間で、どんなときでも携帯電話かメールを通じて連絡が取れるようにしてきたフランコにとっては、画期的なことだった。

ジアンナは夫の整った顔をじっと見つめた。

私はこの人の妻。この人の子供を身ごもっている。

そして、彼を心から愛している。

「いいえ。ただ……珍しいと思って」

「ずっと君のことだけを考えて過ごすなんて、ありえないとでも？」

ふいにノックの音がして、ウエイターの到着を知らせた。数分後、ジアンナは運ばれてきたシーザーサラダを頬ばっていた。

フランコが注文した小海老《えび》のリゾットもおいしそうだった。ジアンナは彼に勧められるまま、味見をしてみた。

ききたいことはたくさんあるけれど、口に出すのは難しい。崖《がけ》の縁に危なっかしく立っているような感じで、バランスを保つことができるのか、そのまま落ちてしまうのかよくわからない。

窓からはヤラ川と、空に向かってそびえる鋼鉄やコンクリート、ガラスで作られたさまざまな高層ビル群がパノラマのように見える。木々は豊かな緑をたたえていた。はるか下の道路では車が渋滞している。

「もういいのかい?」

ジアンナは少し残っているサラダを見やった。これ以上はもう食べられそうにない。

「ええ」

フランコは皿をトレーにのせ、廊下に出した。

荷物でも持ってきていれば整理をして間を持たせることができるのに。そう思いながら、ジアンナは所在なく立ちあがった。

「座って」

ジアンナははっとしたようにフランコを見た。意味もなく手を上げたが、フランコが近づいてくるのを見てその手を元に戻す。

「僕を見るんだ」彼はジアンナの顎を持ちあげ、両手で頰を包んで下唇を親指でなぞると、この上なく優しいキスをした。ジアンナは思わず涙が出そうになった。「どんな気分だい?」

彼は私のことを大切に思ってくれている……。「とてもいいわ」そう答えるとフランコがかすかにほほえむのがわかった。

「これは?」今度のキスはそのまま激しさを増していった。

ジアンナはフランコの首に腕を巻きつけ、放すまいとしがみつき、彼のぬくもりや情熱をむさぼった。彼に応《こた》え、負けじと激しいキスを返す。

心の中で小さな希望の芽が根ざし、育ちはじめた。フランコは顔を上げると、問いかけるようにジアンナの目をのぞき込んだ。

ジアンナは誘惑的な笑みを浮かべた。「今度のほうが、ずっといいわ」

「まだ進歩の余地がある？」

からかうような言葉の応酬……。「五点満点で言ったら、三点かしら」

嘘《うそ》だった。いつだって彼は満点だ。

フランコは心地よい低い笑いをもらした。「生意気だな」

こんなに幸せでいいのだろうか。だが、そこで急に気持ちがなえた。「ファムケは……」

フランコはジアンナが言いたいことをすぐに察したらしい。「彼女はできるだけ早い便でロンドンに帰るそうだ」

ファムケは、とうとうフランコにその気がないことを悟ったのだろうか。「本当に？」

一瞬フランコの視線が厳しくなった。「ストーカーとして訴えてやると言ったのが効いたらしいよ」

フランコの手がジアンナの胸に伸び、そのふくらみをそっとなでる。

「そうなの」ジアンナは静かに言った。

「本当にわかったのかな？」

私がどんなつらい思いをしていたか、彼は理解しているのだろうか。

「あなたは、私たちの今の状態を乱したくないと思った。だからファムケを退けたんでしょう」

フランコはジアンナの体を揺さぶってやりたい衝動に駆られた。実際、もう少しでそうしそうになった。「ばかだな」

ジアンナの表情を探る。表面は平静を装っているが、彼女が内心おののいていることが見てとれた。彼はジアンナの不安を打ち砕いてやりたいと思った。

「ずいぶん昔、ファムケと数カ月ほど付き合ったことがある」彼は静かに言った。「彼女は結婚を望んだが僕にそんな気はなかった……当時も今も」

フランコの視線がジアンナの目を射た。ジアンナは目をそむけることができなかった。

「君はファムケに踊らされて、彼女が君に見せたいと思うものしか見ようとしなかった」

「ファムケの話は、説得力があったんですもの」

フランコの顎がぴくりと動いた。「確かに」彼はジアンナの頬をそっとなで、その手を彼女の口元に置いた。「でも彼女は、君じゃない」

希望が少しずつふくらんでいったが、ジアンナは何も口にできずにいた。フランコが微笑するのを見て、骨まで溶けてしまいそうになった。

「僕が義務感から君の指に結婚指輪をはめたと、本気で思っているのか?」

「だって、私……」

「誰が君にそんなことを吹き込んだんだ？」

ジアンナは目を見開いた。「アナマリアが……」

彼はジアンナの唇を指で封じた。「そう、すべてはアナマリアとサントが考えた計画だよ。だが、愛があったから僕は結婚したんだ」

ジアンナの目に涙が浮かぶのを見て、フランコは彼女の両まぶたに唇を押しつけた。

「ばかだな。どうしてわからなかったのかな」

「あなたは、一度も愛していると言ってくれなかったわ」一度でも言ってくれたら、魂を全部捧《ささ》げてもいいほどうれしかったのに。

「体で言っているつもりだった。キスをし、君に触れるたびに」

ジアンナは泣きそうになったが、なんとか我慢した。「確かに、いつもとてもすてきだったわ」

彼は唇をゆがめるように笑った。「そう？」それからお仕置きをするようにジアンナの唇を嚙《か》んだ。

ジアンナがキスを返すと、フランコが息を吸い込むのがわかった。ジアンナは彼をからかわずにはいられなかった。「もう一度試してみる？」

「そのつもりだよ」フランコはジアンナの体を少し離して顔をのぞき込んだ。彼の瞳に宿った表情を見て、ジアンナは息をのんだ。「でも最初に……ちゃんと言葉で言わせてくれ」

ジアンナは胸が騒ぎ、呼吸さえおぼつかなかった。

「君は僕の人生の光だ。僕の愛、僕のすべてだ」フランコは静かに言った。「僕が生きている限り」

ジアンナの心に芽生えた希望は立派な芽を出し、太陽の光を浴びて新しい生命を得た。

「私もよ」声がつまった。「あなたがわたしのすべて」

ジアンナはフランコをどれほど大切に思っているか、行動で示したかった。片方の頬に手を当てると、彼は手のひらに唇を押しつけてきた。ジアンナはその場にくずおれてしまいそうになった。

ジアンナはフランコのシャツのボタンに手を伸ばした。はやる気持ちを抑える。時間は十分にあるのだ。できるだけゆっくりとこのひとときを味わいたい。互いに大切に思っていることを五感で確かめたい。愛し合いたい。

ジアンナの気持ちを察したように、フランコもまた、ゆっくりと彼女の服を脱がしはじめた。一糸まとわぬ姿になった彼女のほっそりした美しい体を抱きしめる。

「とてもきれいだ」フランコは優しく言った。

ジアンナは喉にこみあげた熱いものをのみ下した。

「心も、魂も。すべてが美しい」

「もうそれ以上言わないで」ジアンナの声はかすれていた。「でないと、泣いてしまいそう」

「いとしい人《カーラ》」ジアンナの涙に気づいたフランコが言う。「泣かないで」

フランコは片手でベッドカバーをはがし、ジアンナの体を抱いたままシーツに横たわった。

ジアンナの絹のような肌をそっとなで、体のあらゆる敏感な箇所を愛《め》でる。手のあとに唇が続いた。

ジアンナは我を忘れて二人だけが分かち合う情熱に溺《おぼ》れていった。裸身をぴったりと合わせ、身も心も一つにして、二人はともに宙に舞った。

ベッドを出てシャワーを浴びたのは、ずいぶん時間がたってからだった。用意されていたタオル地のガウンをまとい、二人は窓辺に立って夕闇《ゆうやみ》のとばりに包まれたネオンの光る街を見おろした。

ヤラ川は幅広い灰色のリボンに見えた。はるか下にいる自動車は、ミニチュアカーさながらに小さい。

フランコは片手で強くジアンナの体を引きよせた。「食事はここでとる？　それとも出かけたい？」

「ここで食べたいわ」ジアンナはためらわずに答えた。彼の顎が頭の上に押しつけられるのがわかる。

二人はメニューを見て食べたいものを選び、運ばれてきたものを相手の口に運んで食べさせ合った。

空腹も満たされた今、ジアンナはうれしい知らせをこれ以上、自分一人のものにしてはおけなかった。

「親になることをどう思っている？」

フランコは椅子にもたれ、問いかけるようにジアンナを見た。「一般論？　個人的な意見かい？」

答えずにいると、彼の目が鋭くなった。

「もしかして、何か言いたいことがあるのか？」

「妊娠……したわ」ジアンナがずばりと言うと、フランコは跳びはねるように身を起こした。彼女は彼が口を開く前に言った。「七週目ですって。昨日、病院に行ったの」

フランコは不安と喜びがまざった表情を見せた。

彼に喜んでもらいたい。「ランチのときに言おうと思っていたんだけど……」

普段感情を顔に出さないフランコがこんなに動揺するのを見たのは初めてだった。

彼でも動揺することがあるのだと思うと、なんだかうれしくなった。愛に満たされ、すばらしい夫に恵まれ、順調にいけば七カ月後には母親になるのだ。

フランコは円形のテーブルをまわってきてジアンナの横に腰を下ろした。「君はそれでいいのか？」

ジアンナは彼の頬に触れた。その手が彼の手に包まれると、幸せすぎて心臓が張り裂けそうになった。

「そんなこと、きく必要がある？」

フランコは満面の笑みを浮かべた。「イエスだと思っていいんだね？」

「もちろん」ジアンナははじけるように笑った。「サントとアナマリアは大喜びするわね、きっと。でももう少しの間、このニュースを二人だけの秘密にしておけるかしら？」

「アナマリアは勘が鋭い。君が食事のときにワインを飲まないのを見て、気がつかないと思うかい？」

「そうね」

フランコは身を乗りだしてジアンナにキスをした。長く、ゆっくりと。とても優しく。

「お祝いしよう」

「ここに泊まるはずではなかったの？」

フランコは椅子から立ち、ジアンナを抱きあげた。「そうさ」ベッドに歩みよると、彼はそこに腰を下ろしてジアンナを膝にのせた。

「君を抱きたいんだ」

「お祝いって、そのことなのね」

「愛しているよ。いつまでも」

ジアンナはフランコの顎をなぞった。「これから忙しくなるわね」

彼はその手を取って口づけした。「任せてくれ」

エピローグ

七カ月後、ジアンナは帝王切開で双子を出産した。母親譲りの瞳と黒みがかった髪の男の子と女の子だ。

サミュエルとアンマリーと名付けられた双子は、両親の宝物だった。

洗礼式は楽しいものになった。家族や親しい友人が集まって、大切な二人の子供が神の祝福を受けるのを見守った。そのあと、フランコとジアンナは家でお祝いの昼食会を開いた。

アンマリーはシャネイに抱かれ、うれしげな声をもらして笑った。注目されているのがわかるのか、誇らしげに両足をばたつかせている。

「なんて愛らしいんでしょう。それにご機嫌ね」

フランコは妻の肩に手をまわした。「お母さんにそっくりだ」

ジアンナはフランコを見あげ、夫の胸を締めつけるような晴れやかな微笑を向けた。

「サミュエルはお父さん似ね」

その言葉を待っていたかのようにサミュエルが泣きだす。アナマリアは曾孫《ひまご》をサントから取りあげ、彼をにらんだ。

「ミルクを飲んでお昼寝する時間ですよ」

「サミュエルがそう言っているのかい?」

「赤ちゃんのことなんか何も知らないくせに」

「また二人が喧嘩《けんか》しているわ」ジアンナはこめかみに夫の唇が触れるのを感じた。「子供たちを救いだしてこないと」彼女はシャネイにほほえみかけた。「あなたも来る?」

「声をかけてもらえないかと思ったわ」

ジアンナはサミュエルを抱きとり、アンマリーを抱いたシャネイと一緒に二階の子供部屋に向かった。

部屋の壁にはパステルカラーで絵が描《か》かれている。天井からはそれぞれのベビーベッドからよく見える位置にモビールが吊《つ》るされていて、ベッドにはさまざまなぬいぐるみが、ところ狭しと並べられていた。

「まあ、すごい」

ジアンナはロッキングチェアに座ると、まず息子から授乳を始めた。

「私もちゃんとお母さんになれるかしら?」

ジアンナは穴があくほどじっと親友を見つめた。「まさか……」

「実は、三カ月なの」シャネイの表情がぱっと明るくなった。「家族以外で打ち明けるのは、あなたが初めてよ」

「まあ、すてき！　おめでとう」

「トムも喜んでくれているわ」

「トムの子供たちは？」

「それが、大喜びなの。名前を考えたり、どの部屋を赤ちゃんの部屋にしたらいいか議論したり。トムのお母さんも喜んでいるわ。何もかもうまくいっているの」

「うれしいわ、私も」ジアンナは授乳を終えたサミュエルをシャネイに渡した。「アンマリーにお乳をあげている間、この子にげっぷをさせてくれる？」

　清潔なおむつに替えてもらった双子がぐっすり寝入ってから、ジアンナはシャネイを抱きしめ、改めて祝福した。

「一年前にはお互い母親になるなんて、想像もできなかったわね」ジアンナは言った。

「あなたが幸せそうでうれしいわ」

「ありがとう」幸せを感じられるのはいいものだった。もうまわりを気にする必要も、不安や疑いもない。

「ファムケは大騒ぎをさせてくれたわね」

「そうね」ジアンナは赤ちゃんの泣き声が聞こえるようにモニターをセットし、シャネイの手を取った。「さあ、パーティに戻りましょう」

ラウンジに戻ったジアンナにフランコが近づいてきた。「二人とも寝たかい？」

「家じゅうに電線を張って、どこにいてもモニターから泣き声が聞こえるようにしたのはどなた？」ジアンナがからかう。「泣いたらすぐに聞こえるわ」

贈り物が交わされ、幸せな笑い声があふれた。何着ものピンクとブルーのベビー服が、二人の赤ちゃんのワードローブに加えられる。

アナマリアとサントはそれぞれかなりの額の信託預金を、双子にプレゼントしてくれた。最後の客が帰ったのは午後も遅くなってからだった。祖父母は夕食を一緒に食べることになっている。

その夜、夕食の席で、なぜか二人は一度も喧嘩をしなかった。ジアンナとフランコはそれに驚き、興味を持って二人の様子を見守った。

これまでコーヒーにアルコールを入れたことなどないアナマリアが、食後のコーヒーに少しブランデーを垂らしたいと言った。いつもは飲まないのに、今日はシャンパンで乾杯し、夕食にワインを飲んだのだから、この上ブランデーまで飲んだら運転に差し支えるはずだ。

「今夜は客間に泊まっていって」ジアンナは言った。

「ばかな」サントが口をはさんだ。「私が送っていくよ」

アナマリアはふん、というように眉を上げた。「あのフェラーリで？」

「それが何か問題かな？」

ジアンナはサントの言葉に含まれている無言の挑戦に気づき、不思議に思った。

「ありがとう《グラッィエ》」

まさか……冗談でしょう？

「ねえ、どう思う？」アナマリアとサントを乗せた赤いフェラーリがエンジン音をたてて去っていくのを見ながら、ジアンナは言った。「おばあさまはあの車が大嫌いのはずなのに」

「そうかい？」

彼女はフランコを見やった。「あなたも……」

「君も、あの二人の間に何かあると思う？」フランコは戸締まりをして警報をセットした。

どうだろうか。そうかもしれない。「本当のところがどうなのか、知りたいわ」

玄関ホールを抜けたとき、赤ん坊の泣き声が響いた。階段を上がっていくうちに、もう一人の泣き声がした。

「ちょうどいいタイミングだったね」

二人は子供部屋に入り、フランコは娘の、ジアンナは息子のおむつを替えた。

アンマリーを抱いている夫を見たジアンナは、視界がにじむのを覚えた。大切な赤ちゃん、そして大切な夫。

「ありがとう」フランコが優しく言った。「僕の妻になって、この子たちを産んでくれて」

「私も同じ気持ちよ」ジアンナは泣きそうになり、あわてて目をしばたたいた。

先に息子に母乳をあげたジアンナは、フランコにサミュエルを渡して今度はアンマリーを抱いた。

赤ちゃんは二人とも、そのままおとなしく眠りについた。ジアンナはモニターをチェックし、明かりを暗くしてフランコのあとから部屋を出た。

フランコはすばやい仕草でジアンナを抱きかかえ、寝室に連れていった。

「今度は僕の番だ」

その瞳に情熱と愛情が宿っているのがわかった。

いつものことだけれど、この男性を魅了し、喜ばせられるのは自分だけなのだと思うと、感動せずにはいられない。

「愛しているわ、とても」フランコに抱きよせられ、どれほど大切に思っているかということを行動で示されて、ジアンナは静かにつぶやいた。

疑う余地のない愛情。無条件の、永遠に続く愛。

そのころ、二キロほど離れたアナマリアの家では、サント・ジャンカルロが彼女を車から降ろし、玄関から中に入るのを見守っていた。アナマリアは振りむいて頭を高く上げ、厳かに感謝の言葉を述べた。

「一つお願いがあるんだけど。今度車に乗るときには少し天井を開いてもらえるかしら。あの車はスピードを楽しむものだと聞いたから」

「当然さ、イタリアで生まれた車だからね」

「私も、ですよ」そう言うとアナマリアは玄関の扉を閉ざした。

こんな展開になるとは。

サントは笑いだしそうになりながら運転席に乗り込んだ。彼が口元に微笑をたたえているのを見ている者は誰もいなかった。

人生はますます面白くなるぞ、とサントは思った。

●本書は、2007年3月に小社より刊行された作品を文庫化したものです。

まやかしの社交界
2024年10月15日発行　第1刷

著　　者／ヘレン・ビアンチン
訳　　者／高木晶子（たかぎ　あきこ）
発 行 人／鈴木幸辰
発 行 所／株式会社ハーパーコリンズ・ジャパン
東京都千代田区大手町1-5-1
電話／04-2951-2000（注文）
0570-008091（読者サービス係）
印刷・製本／中央精版印刷株式会社
表紙写真／© Indiraswork | Dreamstime.com

ISBN978-4-596-71559-3

9月27日発売

ハーレクイン・シリーズ 10月5日刊

ハーレクイン・ロマンス

愛の激しさを知る

最愛の敵に授けられた永遠　メイシー・イエーツ／岬　一花 訳
《純潔のシンデレラ》

シチリア大富豪と消えたシンデレラ　リラ・メイ・ワイト／柚野木　菫 訳
《純潔のシンデレラ》

愛なき富豪と孤独な家政婦　ジェニー・ルーカス／三浦万里 訳
《伝説の名作選》

プラトニックな結婚　リン・グレアム／中村美穂 訳
《伝説の名作選》

ハーレクイン・イマージュ

ピュアな思いに満たされる

あなたによく似た子を授かって　ルイーザ・ジョージ／琴葉かいら 訳

十二カ月の花嫁　イヴォンヌ・ウィタル／岩渕香代子 訳
《至福の名作選》

ハーレクイン・マスターピース

世界に愛された作家たち
〜永久不滅の銘作コレクション〜

罪深い喜び　ペニー・ジョーダン／萩原ちさと 訳
《特選ペニー・ジョーダン》

ハーレクイン・ヒストリカル・スペシャル

華やかなりし時代へ誘う

ベールの下の見知らぬ花嫁　サラ・マロリー／藤倉詩音 訳

男装のレディの片恋結婚　フランセスカ・ショー／下山由美 訳

ハーレクイン・プレゼンツ作家シリーズ別冊

魅惑のテーマが光る極上セレクション

結婚の代償　ダイアナ・パーマー／津田藤子 訳

10月11日発売

ハーレクイン・シリーズ 10月20日刊

ハーレクイン・ロマンス

愛の激しさを知る

白夜の富豪の十年愛 《純潔のシンデレラ》 ジョス・ウッド／上田なつき 訳

無垢のまま母になった乙女 《純潔のシンデレラ》 ミシェル・スマート／雪美月志音 訳

聖夜に誓いを 《伝説の名作選》 ペニー・ジョーダン／高木晶子 訳

純潔を買われた朝 《伝説の名作選》 シャロン・ケンドリック／柿原日出子 訳

ハーレクイン・イマージュ

ピュアな思いに満たされる

透明な私を愛して キャロル・マリネッリ／小長光弘美 訳

遠回りのラブレター 《至福の名作選》 ジェニファー・テイラー／泉　智子 訳

ハーレクイン・マスターピース

世界に愛された作家たち ～永久不滅の銘作コレクション～

愛を告げる日は遠く 《ベティ・ニールズ・コレクション》 ベティ・ニールズ／霜月　桂 訳

ハーレクイン・プレゼンツ作家シリーズ別冊

魅惑のテーマが光る極上セレクション

傷ついたレディ シャロン・サラ／春野ひろこ 訳

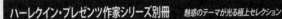

ハーレクイン・スペシャル・アンソロジー

小さな愛のドラマを花束にして…

あなたを思い出せなくても 《スター作家傑作選》 シャーロット・ラム他／馬渕早苗他 訳

ベティ・ニールズの
自伝的エッセイ

HQマスターピース
《ベティ・ニールズ・コレクション》
あらすじ付き作品リスト

2大巻末付録付き！

シンデレラのままならぬ恋

Diana Palmer　Betty Neels

9/20刊

あなたが見えなくて
ダイアナ・パーマー

最愛の叔父が急逝して天涯孤独になったクレアに、彼女が想いを寄せる銀行家ジョンが突然求婚。喜んで承諾するが、彼にとっては上司の妻である元婚約者との噂を避けるための便宜結婚で…。

すてきなプロポーズ
ベティ・ニールズ

雇い主の意地悪に耐える秘書フランセスカ。公園で知り合ったレニエと会うのが楽しみだが、彼が医師として雇い主の家に来た際、声すらかけてもらえず傷つく。

（PS-118）

既刊作品

「ゆえなき嫉妬」

アン・ハンプソン　　霜月　桂　訳

ヘレンは、親友の夫にしつこく言い寄られていた。親友を傷つけたくないというだけの理由で、関係を迫ってくる、傲慢な上司でギリシア大富豪ニックの妻になるが…。

「愛したのは私？」

リン・グレアム　　田村たつ子　訳

黒髪で長身の富豪ホアキンに人違いから軟禁されたルシール。彼に蔑まれながらも男性的な魅力に抗えず、未来はないと知りつつ情熱の一夜を過ごしてしまう！

「わたしの中の他人」

アネット・ブロードリック　　島野めぐみ　訳

事故で記憶を失った彼女に、ラウールは、自分は夫で、君は元モデルだったと告げる。だが共に過ごすうち、彼女は以前の自分に全く共感できず違和感を覚えて…？

「未婚の母になっても」

リン・グレアム　　槙　由子　訳

病気の母の手術代を稼ぐため代理出産を引き受けたポリーだが、妊娠期間中に母を亡くす。傷心を癒してくれたのは謎の大富豪ラウル。しかし、彼こそが代理母の依頼主だった！

「汚れなき乙女の犠牲」

ジャクリーン・バード　　水月　遙　訳

まだ10代だったベスは、悪魔のようなイタリア人弁護士ダンテに人生を破滅させられる。しかも再会した彼に誘惑され、ダンテの子を身ごもってしまって…。

既刊作品

「涙は砂漠に捨てて」

メレディス・ウェバー　　三浦万里　訳

密かに産んだ息子が白血病に冒され、ネルは祈るような思いで元恋人カルを砂漠の国へ捜しに来た。幸いにも偶然会うことができたカルは、実は高貴な身分で…。

「秘書の条件」

キャシー・ウィリアムズ　　本城　静　訳

心に傷のあるシャノン。頑なに男性を拒否してきたが、ウエートレスをくびになった彼女を秘書として雇ってくれた社長の優しさにいつしか惹かれてゆき…。

「大富豪の醜聞」

サラ・モーガン　　加納三由季　訳

ロマンチックな舞踏会でハンサムなギリシア大富豪アンゲロスと踊ったウエイトレスのシャンタル。夢心地で過ごした数日後、彼と再会するが、別人と間違われていた。

「心の花嫁」

レベッカ・ウインターズ　　新井ひろみ　訳

優しい恩師ミゲルを密かに愛してきたニッキー。彼の離婚後、想いを絶ち切るため、姿を消した。だが新たな人生を歩もうとしていた矢先にミゲルが現れ、動揺する！

「かわいい秘書にご用心」

ジル・シャルヴィス　　佐々木真澄　訳

父の死により多額の借金を抱えた元令嬢のケイトリン。世間知らずな彼女を秘書に雇ってくれたのは、セクシーだが頑固な仕事の鬼、会社社長のジョゼフだった。